GEOMETRIA DEL ABSURDO

El JUICIO FINAL

ALBUR

Trafford
PUBLISHING®

Tabla de contenido.

A mis padres, quienes gozaron abriéndome las puertas de este mundo…a mis hijos, quienes sufrirán cuando dichas puertas se me cierren, y a esas desconocidas que nunca quisieron conocerme.

Albur

PREFACIO

Enumerar probar o clarificar leyes, axiomas, teoremas o postulados de las relaciones entre los cuerpos y formas que conforman el absurdo, parece una tarea abrumadora que traspasa los límites de la realidad y entra en el campo del mito. Estas fórmulas geométricas que definen valores con precisión absoluta, han permitido al hombre explorar los cuerpos y formas celestiales contenidos en la minúscula esfera que los circunda, y han hecho del hombre considerado como un ente social, no un individuo: El prototipo del absurdo.

Por ello, considero un deber imperioso esculpir con palabras observaciones de hechos diarios que permitan conjeturar y posiblemente probar leyes, axiomas, teoremas o postulados que definen los valores que mueven los hombres a la acción, y nos permitan cambiar el curso del porvenir, que parece ser el bombardeo final del absurdo a la realidad.

Prevenir el desencadenamiento de una explosión sideral originada en el planeta Tierra es el objetivo de este libro. En él se proyectará un bosquejo, que incluirá sencillas fórmulas y símbolos para la iniciación de la búsqueda de la verdad, sin la oprobiosa distinción a que las fórmulas existentes nos conducen, con la esperanza de que científicos y matemáticos, al ver la infiltración de sus campos por hombres del común, decidan infiltrarse en la comunidad: teorizar, experimentar, y transformar para hacer de la geometría del absurdo la ciencia que nos salve de la hecatombe, a la que estamos condenados por haber cedido a los líderes el derecho a gobernarnos.

En el interior de este libro usted encontrará descarnadas historias, causas, hechos, y lo que es más importante, el desenmascaramiento de organismos multicelulares mimetizados en la forma de hombre, que se mueven en el ámbito social con un código interior en cada una de sus células: "matar la vida".

Ese instinto de destrucción que esconden bajo uno de los más audaces y bien logrados disfraces, es el ejemplo de mimetismo más impresionante que pueda ser observado en el campo de la biología y la naturaleza.

El fundamento principal de este libro es el de enumerar observaciones acerca del hombre, el prototipo del absurdo, su conducta, las causas de sus actos, efectos resultantes, y las creencias sobre su origen, que no sólo han generado una constante polémica entre los hombres, sino masacres indiscriminadas que hacen pensar que más que una lucha por imponer ciertas teorías acerca de su nacimiento, han sido la excusa de los líderes para expandir los límites de su imperio y apropiarse de territorios, tesoros y mujeres ajenas.

He dedicado mi vida a la recopilación de información inscrita por seres que ya abandonaron el ataúd corporal y navegan libremente en el espacio sideral; la dejaron plasmada durante el viaje que hicieron dentro de un cuerpo con la forma que hoy tienen los hombres. Vivieron en otras épocas, pero la recepción y transmisión de sensaciones fue ejecutada y computada bajo los mismos parámetros y órganos conque nosotros hoy computamos, ejecutamos, reaccionamos u ocultamos el resultado de las sensaciones recibidas por nuestros organismos.

Buda, Sócrates, Cristo, Mahoma y millares de poetas, literatos y hombres del común, quienes incapaces de escribir en papiros o papeles, escribieron con fraternal amor en la memoria de sus hijos normas de conducta que permitirán el salto en la etapa de selección natural, de hombre a humano.

Esos son los seres que estudié con más ahínco. Sus doctrinas y observaciones me llevaron a conclusiones de lo que debería ser, pero como el pregón de lo que debe ser ha sido efectuado durante milenios, y no obstante la evolución en el movimiento y el confort para algunos de los cuerpos de la especie, el hombre con ética está lejos de ser parido y posiblemente no alcance a ver la luz, si los organismos codificados con la orden de destruir no son detectados y obligados a decodificarse antes de que logren su objetivo.

Toda partícula del universo que haya muerto y esté encerrada en el ataúd corporal con la forma de hombre, absurdamente, le parecerá tener existencia propia, cuando en realidad su ataúd es el que vive, y solamente al morir este ataúd, la partícula universal dejará de ser individual y renacerá a la vida sin las cadenas de tiempo y espacio.

Todo hombre debe tener la posibilidad de mirarse al espejo y conocer la preponderancia de una de las dos partículas que yacen en su interior: amor u odio. Debe deshipnotizarse, energizarse, y tomar parte activa y conciente en el proceso de selección natural en que hoy nos encontramos: la implosión del espacio sideral en el radio del círculo hasta donde el hombre alcanza a ver, o el nacimiento de la especie humana, el hombre con ética.

En este libro se intentará mostrar lo que es, lo que no debe ser, y más que el uso de técnicas literarias que entretengan y causen admiración o respeto, oro y suplico la ayuda de vivos y muertos para escribir con eficacia, que permita que mis palabras despierten a los hipnotizados y adormezcan a los hipnotizadores mientras pueden ser decodificados.

Diciembre 20 del 2006

TODO Y NADA

Todo y Nada eran, son y serán el universo. En el pasado Todo y Nada transcurrían silenciosamente inhalando y exhalando, en un mundo donde el tiempo y la distancia no eran medidos. Sólo Todo y Nada eran. Nada cumplía su femenino instinto de absorber, mientras Todo ejecutaba el masculino de irradiar; cuando Nada absorbía se expandía, cuando Todo irradiaba se comprimía. La oscuridad era total, absoluta. Todo se movía sin sentido, girando en torno de sí, en la esfera de infinito radio; Nada permanecía estática, excluyendo el rítmico movimiento de su respiración.

Todo y Nada estaban copulando desde el principio de los principios, en la noche más larga de todos los tiempos, cuando la luz no existía y en las tinieblas de una noche que parecía no tener fin, Todo y Nada se amaban. Todo, con su densa forma, cubría a Nada, penetrándola con una erecta mole formada por las partículas que Nada excretaba después de absorber. Ese inmenso falo esférico, inacabable, era el fruto de la fuerza de compresión que regulaba el instinto de Todo. Ese gigantesco falo, minúscula parte del cosmos, rodaba dentro del cuerpo de Nada, acariciándola, acercándose poco a poco a su útero, localizado en el centro de la infinita esfera incrustada en un cubo llamado universo.

En el centro de los centros, allí donde alto y bajo, ancho y angosto, enfrente y atrás se dividen en partes iguales, donde la fuerza de atracción y repulsión no existe, el ovario de Nada, en una perenne espera, anhelaba ser copulado. Cuando el falo de Todo alcanzó el útero de Nada, suspiros y gemidos, estertores que presagiaban el orgasmo, fueron emitidos en cada uno de los rincones del cosmos por las partículas de Todo, y absorbidos por los poros de Nada.

En el clímax del orgasmo, cuando el falo de Todo inundó el ovario de Nada, un estruendoso sonido, que aún algunos de los descendientes de este coito universal son capaces de escuchar, precedió a aquella poderosa explosión, consecuencia de la unión del semen de Todo y el óvulo de Nada. Las llamas hijas de esta explosión continúan incandescentes; del fruto del amor de Todo y Nada, nació en el centro de los centros, la luz. Gametos que fueron eructados por el falo de Todo, circulan alrededor de la fosforescencia donde el amor de Todo y Nada arde.

En la mitad de esa noche que parecía no tener fin, cuando Nada destruyó el falo de Todo para que éste no copulara con nadie más, de las ruinas de este inmenso amor no sólo la luz brotó, también lo hizo el sonido. Cuando esa noche se partió con el nacimiento de la luz, la voz del lenguaje nació, la primera palabra fue articulada y pronunciada acompasadamente, en un sólo golpe de voz, cuyo eco aún resuena en la cóncava infinita esfera del cosmos. Todo y Nada, aquella noche, al unísono gritaron: ¡Dios!

Después de aquel acto de amor y odio, Todo y Nada yacen imperturbables, entrelazados en la esférica tumba sin ojos para ver, oídos para oír, boca para hablar, ni útero y falo para copular. Mientras tanto, sus eviternos hijos, luz y sonido, desesperadamente luchan por revivir los cadáveres de sus padres.

Uno de los gametos, expelido por el falo de Todo, comenzó a germinar cuando el calor irradiado por las llamas del lugar donde evo arde, lo tocaba lentamente, con pasión moderada. Después de igualitariamente repartir las características de Todo y Nada, absorción y difusión, en ese gameto brotó una partícula con vida, la célula. Con ella, despacio, desde el útero del cosmos, la especie del hombre emanó. Poco a poco fue poblando el planeta, aniquilando otras especies, antes de crear la víbora que intenta aniquilar la suya. Natura lo fue dotando de un cerebro capaz de engendrar un espíritu.

Girando con rumbo fijo en torno de las llamas donde Todo y Nada, o uno y cero, se calcinan bajo la forma de dos, el gameto de Todo, con la sazón del tiempo y lugar, cocinó lentamente la existencia dentro de cuerpos formados de barro y agua.

Estos cuerpos al desarrollarse y copular en el útero de la existencia - el espacio -, dieron lugar al nacimiento del sentimiento, del sentimiento brotó el pensamiento, del pensamiento brotaron las palabras, de las palabras brotó la criatura que podrá asesinar la vida.

La herramienta usada por la confluencia de tiempo y espacio para articular las palabras, es el hombre. El aglutinamiento de células entrenadas en base a la ecuación de error y corrección, para soportar diferentes condiciones geográficas mientras conservan las mismas características de absorción y difusión, ha construido el organismo capaz de mimetizarse en el cosmos, organismo que en las penumbras de su desvarío, está acechando el momento de arremeter a traición y aniquilar la vida.

Antes de que suceda, ¿podrá el hombre congelar o descodificar la evolución de esta criatura y matar el instinto de matar? Esto únicamente será posible si los organismos que forman el cerebro de la máquina de muerte adquieren conciencia de que, en las entrañas de su "benefactor instinto social", yace un hambriento deseo de aniquilamiento. O si el hombre medio, el que se conforma con subsistir y no pretende ser el cerebro de la monstruosa alimaña, cuya células son las palabras entrelazadas de tal forma que adquieren vida sin necesidad de cuerpo, y meticulosamente se apoderan del cerebro de los hijos de Todo y Nada, para que elijan y pongan al comando de los hombres aquellos que se encargarán de su destrucción, antes de que tornen al profetizado estado de humanos; será posible si este hombre común reacciona y empieza a tomar parte en la construcción del hombre con conciencia, no estatal sino universal, y en lugar de recibir ordenes de sus líderes, ordena y busca soluciones para el desarrollo del teorema cosmológico:

Hombre + Ética = Humano. Hombre - Ética = Bestia.

Pero la ética debe ser un ente social formado por palabras e incrustado con amor en el sentimiento y el pensamiento de los hombres desde su nacimiento, pues con o contra nuestra voluntad, somos criaturas hipnotizables.

Así no tendremos un ejército de hombres armados defendiendo a la bestia adherida al cerebro de nuestros gobernantes. La ética no existe como ente individual, debe ser un ente social y debe ser alimento de todos los hombres como el pan cotidiano.

Así como el hombre pasó de cavernas a mansiones, de obscuras noches a iluminadas, de miedo irracional a terror racional, de duda a fe, de ignorancia a sabiduría, en su útero, el espíritu comenzó a crecer con predisposición genética de alcanzar un punto donde padre e hijo, hombre y espíritu, se diluyeran en uno llamado humano.

El cuerpo del hombre se resiste a ser el vientre del espíritu por temor a lo desconocido y amor a sí mismo; dos instintos poderosos lo atan a su cuerpo, pero en el tiempo, vasija donde se derrite la resistencia, el nuevo ente caminó y extrajo de infinitas galaxias aglomeradas en una el maná que se convertiría en su sangre.

Esta nueva sustancia es el laberinto donde tiempo y distancia confluyen, no ocupa lugar en el espacio, es incolora, liviana como la nada, habita en el cerebro del hombre, es la palabra. La palabra es la sangre del espíritu, su misma vida.

En este órgano, donde apeñuscados los sentidos del hombre se unifican, donde después de un lento proceso el hombre aprendió a succionar con sus ojos la esencia de lo que miraba, en ese cerebro, la palabra inundó el ovario y el feto del espíritu comenzó a forjarse. Pero así como el hombre deglutió innumerables especies para afianzarse en el planeta, así mismo el espíritu necesita extraer de otras especies el alimento que le permita crecer. Sólo una especie tiene a su alcance, el homínido. Deglutir al homínido no es tarea fácil para la hasta ahora unicelular etérea especie, la espiritual; digerir y destruir su propio útero lo dejará sin morada y el aún espíritu fetal necesita de su caverna mientras construye su mansión, ya sea en la tierra, el cielo, o los infiernos.

Sin embargo, el hombre no se resigna a perecer en aras de alimentar la nueva especie; lucha encarnizado contra ese algo que se agiganta en su cerebro, ese algo que adherido a sus tejidos, meticulosamente teje el nido donde el tiempo fermentará las palabras; el hombre no podrá aniquilar su cerebro sin autodestruirse, un tratado de coexistencia es necesario.

Entonces, desde el fondo del átomo, donde dos fuerzas contrarias se juntan en el afán de amarse y aniquilarse, en el punto donde unión y repulsión logran su equilibrio, este orgasmo generó un tercer cuerpo, neutro. Desde allí, en la sima del abismo donde natura tiene su útero, amor y odio copularon y crearon al hombre, hombre con hombre la sociedad, y hombre y sociedad engendraron la nación.

El hombre, representado por los más débiles de su especie, aquellos que desdeñan el mundo exterior; aquel homínido en cuyo cuerpo no se han aliado amor y odio, y estas sustancias aparecen desunidas, con existencia propia; aquellos cuerpos donde el amor a sí mismo y el odio hacia el exterior constituyen la esencia de su vida, ellos toman el liderato de la batalla decisiva entre hombre y espíritu. Siendo los más débiles, aquéllos donde la ley de natura no se ha desarrollado completamente, y las fuerzas opuestas no se han fisionado, poseen uno de los requerimientos indispensables para ser los líderes de la manada de hombres que rumian en el planeta tierra, la subjetividad. Este instinto de preservación de su propio sujeto los hace aptos para evadir las leyes naturales y les permite mimetizarse guareciéndose tras una coraza fabricada con la esencia del exterior.

Como líderes de la manada exploran los caminos con esa característica de valentía que el desdén inocula en ellos, la valentía de enfrentar nuevos peligros a medida que invaden nuevos caminos. La capacidad de asesinar miembros de otros clanes tan pronto aparecen a su vista, es el fruto de la cobardía de vivir en su propio cuerpo y los asesinatos son la estampida producida por ese terror.

En el hombre medio, en cuyo cuerpo la aleación de amor y odio, atracción y repulsión, acción y quietud, tiempo y distancia, se han efectuado dando como respuesta la objetividad, la capacidad de liderato ha sido mutilada, el objeto o mundo exterior puede venir a vivir en ellos y ellos pueden habitar los objetos del mundo exterior proveyéndolos de un sentimiento subjetivo.

La materia corporal de los líderes es nómada pero su esencia es sedentaria; imitando el eterno girar alrededor del sol, el líder gira e impregna sus sentidos alrededor de su cuerpo. El sumergimiento de los sentidos en su cuerpo ocasiona la flotación de sus instintos. El líder es el animal más instintivo de toda la manada.

Cuando el líder captura y asesina una pieza de otra especie, los ojos enrojecidos por la capacidad de su odio transmutado en ira, paraliza en cualquier otro congénere el deseo de arrebatarle la presa. Una vez saciado su apetito, el líder deja los deshechos de su botín a los miembros de su clan y recuesta su cuerpo en un lugar donde el ruido producido por sus intestinos, al deglutir el fruto de su crimen, lo adormece.

El líder no comparte el fruto de su asesinato por que sus congéneres lo ayudaron con su presencia a incrementar el terror de la víctima hasta paralizarla; el líder comparte el alimento porque ya no lo necesita, su saturado vientre lo desdeña.

Un líder no razona, un líder actúa y dormita. La capacidad de razonar o encontrar la relación entre causa y efecto no es propia de los líderes; el líder no razona, simplemente es. En el homínido, el líder es el organismo con figura de hombre y alma de animal.

La otra variable que muestra la resolución de la ecuación del nacimiento del hombre, habla del mismo universo sin principio ni fin, omnipotente, omnisciente, y creador absoluto que de acuerdo a la tradición narrada y después escrita, creó al hombre a su imagen y semejanza, le dio como hábitat un paraíso donde nada le faltaba y todo era armonía sobre ese planeta que se anidaba en las entrañas de Dios.

Hasta que un día, uno de sus ángeles más queridos se rebeló, y comenzó a cuestionar la adoración a Dios y a formar un ejército de ángeles adeptos a desobedecer el precepto de alabarlo y glorificarlo por encima de todas las cosas.

Dios, que al decir de los textos, es poseedor de todos los poderes imaginables, en lugar de utilizarlos y derrotar a Satán, como dicen que llamó a su enemigo, le cedió una parte de su reino y lo condenó a vivir allí. En este averno situado dentro de los límites del planeta tierra, Satán se transformó en serpiente e hizo que los primeros padres desobedecieran al Creador, y el Dios misericordioso se enfureció al punto que mató su misericordia y lo que no hizo con el ángel rebelde lo hizo con sus hijos, y los condenó a vivir para morir.

De esta infame injusticia de Dios solamente dos teorías pueden ser concebibles: Satán es tan poderoso como el Creador que lo obligó a compartir su reino, o toda esa historia es una maravillosa narración literaria, producto de la inefable necesidad del hombre de testimoniar su origen. La improbable hipótesis de que Dios se alimenta de cadáveres de hombres buenos y Satán de cadáveres de hombres malos para mantener las fuerzas del universo niveladas, hacen que la teoría de los dos reinos, cielo e infierno, parezca absurda.

¿Por qué no ha podido ser debatida a través de los siglos si se supone que el hombre es un ser racional? A esta pregunta habría que responder que el hombre es un ser racional cuando tiene la información de causales necesarias para emitir razones, y aunque el hombre por instinto es racional, razona sobre lo que le circunda y afecta más a su organismo. De allí que no podemos esperar que la mayoría dé una razón acertada, sólo lo harán aquellos cerebros que sean capaces de visionar diferente número de causales que unifiquen una sola razón.

Un punto a favor de la teoría de que Dios y el Diablo se alimentan de cadáveres, es que así como en el tiempo del paraíso el Diablo se transformó en serpiente para hacer que Adán y Eva hicieran el amor, en los tiempos presentes el demonio está mimetizado dentro de los líderes de hoy, preñando de cenicientos esqueletos el planeta. Para su alegría los genocidas pueden estar seguros de que han aportado más alimento para Dios que para el Diablo, sus bombas han asesinado más hombres buenos que malos, el Satán debe estar aún hambriento.

Por otro lado, para defender la hipótesis de una maravillosa, bien hilvanada, persuasiva y cautivante narración literaria, donde los dos personajes poseen los mismos poderes pero contrarias virtudes, como en toda bien argumentada obra literaria donde el amor y el odio, la vida y la muerte, están en una lucha sin cuartel que no tiene final, la idea de perpetuidad de los dos personajes hace que el fanatismo por el triunfo de uno de los dos obscurezca la razón de sus seguidores y la narración se torne inmortal.

La historia ha grabado en el tiempo, con huellas de sangre cómo el hombre se ha deleitado formando ejércitos para defender teorías y a través de encarnizadas y sangrientas batallas ha conquistado tierras, tesoros, y ha tomado por concubinas a las esposas de sus víctimas y por esclavos a los huérfanos de sus asesinados.

Todo ejército invasor, para permanecer en el territorio conquistado, tiene por obligación que contar una bien hilvanada, persuasiva y cautivante historia, pues los cuerpos son sometidos con armas pero no los espíritus. ¿Fue la bella narración literaria de Dios y Satán originada en el intento de sumisión de los espíritus, por los insaciables fabricantes de cadáveres, antecesores a los líderes de hoy?

Descartemos que Creador y rebelde se alimentan pues son inmortales. Una tercera factibilidad debe ser tomada en cuenta, y cuando las Escrituras dicen: «Dios creó al hombre a su imagen y semejanza», encontramos una luz para elucubrar una tercera hipótesis. Si los hombres vociferan y justifican el aniquilamiento de seres de su misma especie basados en la premisa de que "la mayoría elige al amo", y somos hechos a imagen y semejanza del Creador, podemos deducir que Dios en su misericordia, justicia, y omnipotencia, al escuchar los rumores y presentir que Lucifer se insubordinaba, lo llamó y le dijo: «Lucifer, eres entre todos uno de mis preferidos y como he oído que estás formando un ejército de ángeles adeptos a ti para luchar contra mi autoridad, la cuál no aceptas, he decidido que un jurado totalmente independiente a los asuntos del universo decida quién debe detentar el mando. Quien logre la mayoría de votos de ese jurado reinará en el mundo, mi querido Lucifer, y si eres tú el escogido, te adoraré con la misma veneración que esperaba de ti. Mientras creamos los jurados que no pueden ser ángeles, compartiremos el universo, tú reinaras en el infierno y yo en el cielo; lleva contigo los seres alados que crean en ti y en el centro de cielo e infierno crearé, a nuestra imagen y semejanza, una pareja de humanos; les daré órdenes de que no se multipliquen y tú les ordenarás que se multipliquen; como no son Dios, Satán, ni ángeles, se multiplicarán. Entonces les mandaré los mandamientos, que serán la tarjeta de votación; el que los practique y muera cumpliéndolos, contará como un voto a mi favor, el que muera infligiéndolos, contará como un voto a tu favor, amado Lucifer».

Aunque literariamente esta hipótesis tiene validez, si pensamos que Dios conoce el pasado, el futuro y el presente, con certeza absoluta sabría al mismo tiempo que Lucifer cuál de los dos iba a conseguir más votos. Consecuentemente, la votación no tendría sentido, a no ser que los dos hubieran acordado renegar de sus poderes de hechiceros, conocedores del futuro, y dejaran en manos del hombre el porvenir.

Así como nosotros los hombres pasamos por la etapa de bestias carnívoras, nuestra creación hecha de palabras, La Nación, está en esa fase, y la que más seguridad social ofrece es también la más magnánima para alimentarse de pequeños países. Un ejemplo y testimonio de una cacería que termina con el asesinato y expropiación de los bienes de un país, lo podremos leer en los siguientes capítulos. En estas guerras premeditadas, podemos observar el crimen más aberrante del estado, símil de la peor bestia mitológica, su voracidad por los fetos del espíritu que aborta de los hombres inyectándoles dinero.

EL TRIANGULO DE LA MUERTE

Los tres miembros de la banda festejaban con risas y anécdotas la firma del contrato multimillonario. Solamente la muerte natural de su víctima antes de lo previsto, podría evitar que billones de dólares fueran para las arcas de la corporación que había invertido millones en la elección de su *lobbyist* como presidente de la nación mejor armada del planeta tierra; su principal ejecutivo fue electo vicepresidente y un compadre de los dos fue seleccionado por el presidente como ministro de defensa. La incertidumbre de casi tres años atrás parecía ser ahora una realidad insobornable. Afortunadamente para ellos y la corporación que representaban, la Suprema Corte, donde se delibera hasta lograr un acuerdo para que las injusticias parezcan justas, tenía cinco miembros de nueve elegidos por el partido político al que los tres compadres estaban afiliados, y como si fuera poco, el gobernador del estado que definió la elección del que hoy es el presidente, era su hermano, también afiliado a su partido. Si alguien dudaba de la honorabilidad de los Magistrados de la Corte, fue silenciado cuando el fallo emitido fue de cinco a cuatro a favor de la elección del representante del partido político de la mayoría; ninguno de sus miembros deshonró a su congregación. El código de honor de la mafia no es propiedad exclusiva de los mafiosos, en la política y en la rama jurisdiccional también impera.

Nueve meses después de la selección, una pequeña minoría de líderes sin territorio ni leyes, autodenominados guerrilleros, y que excusaban la violencia bajo el argumento de querer construir una patria justa, atacó a la poderosa nación y dio a sus gobernantes la excusa que no necesitaban para traspasar los fondos federales al ministerio de defensa, donde entre compadres basta una llamada telefónica para "marcar la tierra", como ellos llaman cuando el dinero, que tiene las mismas características de la sangre de Dios, llega a manos de un miembro del partido y éste lo distribuye entre aquellos que con la ética de Maquiavelo, votarán por su candidato sin importarles si es un genocida en potencia o megalómano inquebrantable.

Una llamada telefónica a un primer ministro de otra de las naciones mejor dotadas de armas para aniquilar hombres, animales o plantas, resultó en un apoyo irrestricto. No había posibilidades de pérdida, la nación escogida para ser atacada fue asediada durante los diez años anteriores, no permitiéndole el libre comercio, y sólo el intercambio de la anhelada sangre negra de la tierra, que yace en abundancia en el subsuelo de esa nación, le era aceptada a cambio de mendrugos de pan y medicinas que aún estaban en período de prueba. La pobreza caminaba entonces por las desoladas calles de ese país; famélicos hombres, mujeres y niños se conformaban con lo existente, como cualquier criatura de las que habitan el cosmos. Y como si fuera poco todo lo anterior para probar la estelar inteligencia del presidente, vicepresidente, tesorero y aliado, infiltraron la nación que iba a ser destruida con la finalidad de que la gigantesca corporación que, junto con otras, puso el dinero para elegir estos servidores públicos especializados en sonreír y apretar manos con una ética descomunal de lealtad a sus inversionistas, pudiera cumplir con el contrato de reconstruir lo que todavía no se había demolido.

Los cuatro compadres, quienes con el poder y la caja de caudales abierta y sin fiscalización, - pues en asuntos de guerra todo pasa a ser secreto de estado -, compraron el alma del ministro de defensa de la nación víctima y se aseguraron de que la entrada de las tropas de los aliados no tuviera resistencia de ninguna especie, ya que deseaban emular el grandioso triunfo de Hiroshima y Nagazaki, donde triunfaron por más de medio millón de goles contra cero. Porque odian utilizar la palabra "asesinados", y "goles" o "daños colaterales" suena mucho mejor a sus castos oídos.

Todo estaba previsto entre ellos y sus sirvientes de confianza, el triunfo era inminente y las futuras ganancias ilimitadas. Apoderarse del lugar donde la negra sangre de la tierra brota como mala hierba, era en sus planes una realidad.

La tarea más ardua y donde la real inteligencia de los cuatro compadres iba a ser puesta a prueba, era la de justificar el ataque y convencer al cuerpo legislativo y a los habitantes de las dos naciones agresoras de la imperiosa, ineludible, y honrosa necesidad de atacar la moribunda nación. Pero teniendo el poder y el dinero estos cuatro empresarios ejemplares, contrataron asesores y ordenaron a sus subalternos una minuciosa búsqueda del más mínimo detalle que pudiera conllevar a excusar la cacería de vivos para volverlos muertos.

Autorizaron a las fuerzas armadas de su nación la utilización de cualquier clase de técnica para que alguno de los prisioneros de ese minúsculo grupo de aspirantes a gobernantes, autodenominados guerrilleros, dijera lo que los cuatro compinches querían oír, para retransmitirlo por tierra, cielo e infierno, de modo que nadie dudara de la necesidad inmaculada de la invasión.

No tuvieron que esperar mucho tiempo: el más débil o el más astuto de los prisioneros, para librarse de las antihigiénicas, lascivas e inefables técnicas para hacer hablar a los mudos, dijo algo acerca de armas de destrucción en masa, y eso era una afrenta aterradora, pues pocas naciones en este hermoso planeta tienen el derecho de destruir masiva o individualmente.

La excusa estaba dada, lo demás era un arte que el *lobbyist* y sus socios conocen a la perfección; con marcas de tierra, contratos, empleos en el gobierno y compartiendo ganancias, mueven a su alrededor millones de personas que, con tal de poner alimento en la mesa de sus hogares, no les importa si estos alimentos están sazonados con sangre y no con ética.

Mercenarios de letras e imágenes, que se venden al mejor postor, comenzaron a bombardear los sentidos de los seres de las dos naciones y de toda la fraternidad terrenal con la información de que aquella agonizante nación tenía armamento para destruir masivamente a la especie de los hombres, especie que únicamente le falta dejar de ser bestial y adquirir ética para alcanzar la profecía de la especie humana.

La más difícil y que nunca lograron convencer fue a la comunidad internacional, que por medio de una organización de la mayoría de países del planeta y que subsiste con el dinero de los cinco mejor armados económica y tecnológicamente, trató de oponerse y quiso verificar la información que había salido de una obscura cámara de tortura directamente a la Casa presidencial, de donde fue enviada al ministerio de defensa para que desde allí, envuelta con miles o millones de dólares según la eficacia de la reproducción, fuera remitida a todos aquellos hipnotizadores que, ignorantes u orgullosos de su profesión de sepultureros del futuro, a grito herido pregonaban la necesidad de un ataque, "antes de que nos atacaran".

Eso no detuvo a los compadres y el *lobbyist* exclamó: «No necesitamos permiso de nadie para defendernos, y mucho menos para atacar», y ordenó a todos sus subalternos inundar los medios de comunicación con la noticia de que la nación estaba en peligro con el nacimiento de un nuevo Hitler, que no sólo quería destruir la Atenas del segundo milenio, sino que poseía las armas para hacerlo. Lo irónico era que todas las técnicas utilizadas por Hitler para hipnotizar a las tropas alemanas y empujarlas a una matanza horripilante, estaban también siendo utilizadas desde la guarida de la casa presidencial, con el atenuante de que hasta ese momento el *lobbyist* y sus amigos no se habían convertido en genocidas, pues su especialización como hombres públicos no los deja prever el futuro. Ellos sólo miran lo que necesitan o desean, sin importarles las consecuencias de sus actos, pues tienen especialistas en borrar huellas y rescribir la historia.

Seguramente, esos cuatro hombres de intachable fe, imploraban al Todopoderoso que el presidente de la nación que iba a ser agredida no pereciera antes del ataque por alguna causa natural, pues el contrato multimillonario y sus millonarias consecuencias, se esfumarían. Aunque inteligentes y precavidos, ya habían anunciado que la cola del demonio estaba formada por tres naciones, y así como el hombre había perdido su cola en el camino de la evolución, la cabeza del Diablo encontró esta metáfora para determinar que, si por alguna causa fuera de su alcance, la ya asediada nación no podía ser atracada, había otra u otras con suficiente sangre negra en el subsuelo que justificarían el atraco, por que la lealtad del *lobbyist* a su inversionista es intransigente, y más si este demagogo es hijo de un presidente anterior.

No habría pues huracanes, tornados, o terremotos capaces de frenar al señor presidente en el cumplimiento de su obligación con los que invirtieron el dinero para elegirlo, y que gracias al laberinto de la suerte de su hermano y la lealtad de los justos repartidores de injusticias en la Corte Suprema, logró la selección por cinco votos a cuatro.

Un poco más de media centuria atrás, un genio en el hipnotismo de masas les había dado la fórmula para convertir en adoradores de cualquier idea a la inmensa mayoría de quienes, en una u otra forma, eran alcanzados por las imágenes y sonidos emanados como órdenes desde la casa presidencial. Ese genio, llamado Adolfo Hitler, no sólo había dejado ese importante legado para todos aquellos líderes, también había dejado un record casi imposible de sobrepasar en la aniquilación de hombres sin usar sus manos.

Hasta este momento, para testimonio de la historia y los futuros estudiantes en genocidios, los cuatro compadres no llegan aún a la décima parte del record dejado por su inspirador, pero como la llama aún está encendida y no la quieren extinguir, pues si se apaga se les cierra la caja de caudales de donde sacan ilimitados fondos, es posible que superen el record y dejen su nombre grabado en las imborrables hojas de la historia, que no todas las criaturas dentro del universo tienen tiempo para leer.

Antes de continuar adelante con este testimonio, quiero aclarar que debido a los muertos de sus propias tropas, o como entre ellos llaman en sus privados coloquios "goles en contra", el partido de la oposición tomó ventaja en las elecciones del cuerpo legislativo, y por lo tanto, se apoderó de las llaves de la caja de caudales donde se guardan las reservas federales.

Aunque cuatro días antes de la elección el presidente, arengando a sus hipnotizados, dijo que el ministro de defensa o tesorero estaría con él durante todo su mandato, en uno de sus continuos cambios de estrategia, cuando el peligro de que fueran desenmascarados sus mandantes o subalternos importantes, el señor *lobbyist* aceptó rápidamente la renuncia de su tesorero en el ministerio de defensa, porque estando entre ellos otro partido en poder de las llaves de la caja de caudales, dejarlo allí encargado de firmar las entradas y salidas de billones de dólares para las marcas de tierra, que permitirían hacer de su congregación la más grande y poderosa, sinónimo de lo que Adolfo Hitler quería de la raza aria, era un riesgo inmenso. Los miembros del otro partido podrían intentar hurgar en el pasado y encontrar pistas que los condujeran a las causas reales de la invasión, y hasta ahora muerte de más de medio millón de personas. El presidente pues, cambió su tesorero actuando contra lo que cuatro días atrás había vaticinado.

La danza de los cadáveres en la nación asediada comenzó cuando las plumas de algunos periodistas y editores de videos en televisión, habían hecho el fácil, pero bien pagado trabajo de convencer a los ciudadanos de los dos países agresores de la necesidad inmediata de defenderse contra las armas de destrucción masiva, que sólo existen en el arsenal del ejército de estas dos naciones y sus aliados.

La primera estrategia de guerra consistió en destruir acueductos, plantas de electricidad, y los ya deteriorados e inservibles vehículos militares que, debido a las sanciones de diez años, no tenían movimiento propio. El bombardeo de la capital fue inmisericorde y sin ninguna resistencia para los aviones de las dos potencias invasoras; muchos de los ciudadanos de la nación invadida fueron convertidos en moléculas al ser capturados por las intensas y galopantes ondas explosivas de las bombas que caían del cielo como caen las gotas en implacables aguaceros. Decir que la tierra se tiñó allí de rojo es mentir, la sangre explotó hasta el punto de tornarse incolora.

Después de esta técnica de ablandamiento a los civiles, para que vieran que defender su gobierno o su país no sólo sería infructuoso y les acarrearía grandes males, además de estar justificando el contrato multimillonario firmado muchos meses atrás con una de las empresas patrocinadoras de la selección del presidente, llegaron los helicópteros con sus ametralladoras vomitando fuego contra todos los que tenían botas, así vistieran de civil, pues la inteligencia de las naciones justicieras había determinado que, en medio de la pobreza de los diez años de sanciones, sólo elementos del gobierno o el ejército de la nación atacada tenían entre sus pies y la tierra ese adminículo que llamamos zapato. Allí sí la tierra se tiñó de rojo, allí sí se veían cadáveres por doquier y, para vergüenza de los malhechores, la gran mayoría de cadáveres estaban descalzos. «Perdieron sus zapatos al encuentro con la bala», era la excusa de los corresponsales de prensa pagados por el Pentágono.

Cuando los comandantes en turno se aseguraron de que las polvorientas vías estaban limpias de seres vivos, comenzó la entrada triunfal de los *Marines* a la capital de la avasallada ciudad, y los habitantes de la nación agredida sacaron trapos blancos y los ondeaban de lado a lado, suplicando piedad y paz a los agresores, escondiendo en lo más profundo de sus corazones, donde no pudiera ser detectado por los conquistadores, el odio y las lágrimas de duelo por sus seres queridos fallecidos.

Mientras tanto, en la casa presidencial, donde los cuatro compadres, con un vaso de *whisky* en la mano y rostros enrojecidos por el calor del licor y el júbilo del éxito sin precedentes desde Hiroshima y Nagasaki: cero goles en contra y el gobierno rival huyendo despavorido, rodaban por el suelo las risas y abrazos de efusivo alivio, porque las poderosas armas de destrucción en masa que en un obscura cámara de tortura había creado la inteligencia militar, no aparecían por ninguna parte y el contrato con la corporación de sus afectos para buscarlas podía extenderse por tiempo indefinido.

Las radiodifusoras, televisión, periódicos, pregoneros pagos y toda clase de medios informativos aullaban, a través de imágenes o sonidos, que los trapos blancos ondeados por los descalzos habitantes que aún quedaban en la capital, estaban saludando a los invasores y dándoles la bienvenida, por que los salvaban de un tirano; y los ciudadanos del gobierno agresor se contagiaron de la radiante felicidad de sus gobernantes, porque creían firmemente que habían liberado a un país sin perder un solo soldado, y en las honestas almas de la mayoría, ser testigo de un magnánimo suceso era motivo de satisfacción.

Debo aclarar aquí que, como en todos los países de este hermoso y maravilloso planeta donde tantas bestialidades se cometen, la gran mayoría de los hombres son honestos mientras no está en juego su plato de comida o el de sus hijos, y los mercaderes de sueños y fabricantes de tempraneros cadáveres que lideran los gobiernos conocen eso, y saben cómo distorsionar la realidad para que salvajes genocidios y asesinatos luzcan como loables actos de piedad para una inmensa mayoría. El miedo, el odio y el llanto estaban tan escrupulosamente escondidos en los corazones de los vencidos, que las cámaras de televisión únicamente mostraban sonrisas.

A ciertos personajes no les importaba nada de lo que sucedía. Estaban enfrascados en la tarea de repartir lo que de la caja de caudales salía, bajo las órdenes del cuerpo legislativo donde unos congresistas engañados por las urdidas irrealidades de los compadres, y otros, que sospechando la verdad se hacían los engañados para poder tener acceso al maná que brotaba de los fondos federales y estaba tiñendo de verde las cuentas corrientes de sus copartidarios, con la misma prontitud con que una tormenta de nieve tiñe de blanco suelos, ríos, y montañas.

El júbilo y el *whisky* no eran motivo para detener a los cuatro trabajadores incansables. Llamadas telefónicas iban y venían para poner en contacto a estos cuatro libertadores con posibles miembros del gobierno provisional, que iban a nombrar en el derrotado país, para reconstruirlo física y moralmente. Era la consigna para los corresponsales de guerra, pero la verdadera consigna más escondida que el odio de los vencidos, era lograr que los nuevos gobernantes estuvieran dispuestos a traspasar, por contratos hasta la posteridad, la sangre negra que yacía en el subsuelo de la nación en ruinas después de diez años de constantes sanciones y una semana de magnánimos bombardeos.

Cuando los *Marines* entraron a la plaza principal una estatua gigantesca del presidente, derrotado sin pelea, apuntaba con sus manos al cielo donde el olor de cadáveres se confundía con el vapor de las lágrimas de dolientes, famélicos y aterrados iraquíes que, en un intento desesperado por ganar la confianza y el perdón de los invasores, comenzaron a derrumbar la gigantesca estatua. Era ese un silencioso grito que decía: «Lo quieren a él, allí lo tienen». Los televisores en los países agresores mostraban sin intervalo el derrumbamiento de la esfinge y clamaban una victoria contundente.

Sus hipnotizados ciudadanos no cesaban de gritar hurras y vivas con inimitable paroxismo. El presidente aprovechó los momentos de júbilo de su país, los cuales habían sido programados metódicamente para hacer creer que el asesinato a mansalva y la masacre indiscriminada eran sólo la liberación de una nación atribulada por una dictadura infame.

Sonriente, enrojecido de orgullo y rodeado de los planificadores de la campaña libertadora, ofreció el triunfo a todos sus conciudadanos y predijo que las armas de destrucción masiva pronto serían encontradas, y no serían más una amenaza para el planeta tierra, pues «sólo nosotros las poseemos», agregó.

Nerón, Alejandro el Grande, Napoleón, Hitler, de estar presentes y poder ver el sensacional triunfalismo recorriendo el noroeste del planeta, hubieran sufrido apocalípticos ataques epilépticos causados por la envidia.

La primera medida de los vencedores después de instalarse en los sitios más acogedores y seguros fue declarar la no continuidad del ejército de los vencidos, pues el ejército vencedor se encargaría de la seguridad de todos aquellos que aceptaran el nuevo régimen, y además, creando una gran cantidad de desempleados, garantizaban mano de obra barata y en abundancia para la corporación que, palabras más o palabras menos, había organizado la guerra para adquirir el contrato de reconstrucción de la nación bombardeada hasta los límites de lo indecible.

Todo parecía crema y duraznos, como diría el anterior gerente de dicha corporación y ahora vicepresidente de la nación agresora. La ciudad sin servicios de energía, agua, medios de comunicación y el fétido olor que brotaba de cadáveres y partes de cuerpos desmembrados por las bombas; con millones de personas buscando trabajo, era el terreno preciso para que la gran empresa mostrara su eficacia y adquiriera en su hoja de vida experiencia inmarcesible en reparar averías causadas por explosivos caídos del cielo, dirigidos desde insensibles satélites, mudos testigos desde la estratosfera del daño que la lealtad y el amor al poder y al dinero producían en el una vez inhabitado paraíso terrenal.

Los servicios de inteligencia del país agresor comenzaron la búsqueda de los fugitivos miembros del gobierno derrotado, y como símbolo de hipnotismo y conociendo el niño que dentro del hombre yace, hambriento por la recreación, copiaron un juego de cartas conocido desde la antigüedad sin pagar derechos de autor, y en cada una de las figuras pusieron el retrato de cada fugitivo del gobierno de la patria arrasada. Fijaron recompensas o premios y pusieron a jugar a los vencidos el famoso juego de que: «A que te encuentro ratón, a que no, gato ladrón» y las tropas vencedoras, en sus momentos de ocio, convirtieron el juego de las nuevas cartas en su pasatiempo favorito, mientras que las tropas vencidas escogían los más inimaginables lugares de la tierra escondiendo allí sus botas y zapatos para no ser identificados como soldados del gobierno derrotado.

En la lucha de los vencedores por encontrar las armas que justificaron la excusa de la invasión, usaron los más modernos y estereotipados instrumentos de ingeniería; convencidos por su propia inteligencia militar de que estas armas debían encontrarse en un bunker en las entrañas de la tierra, horadaron miles de sitios a grandes profundidades y descendían allí para buscarlas.

Con trajes de astronautas para preservarse del inminente peligro de una contaminación química con las tan temidas y letales armas, que los cuatro compadres y sus más fieles seguidores sabían que no existían, los exploradores retornaban del subsuelo cargados con botas y zapatos escondidos allí por los vencidos, causando primero sorpresa y desasosiego entre los ingenieros militares, pero con el tiempo y la continuidad de las mismas apariciones, se convirtieron en rutina las risas con que eran recibidos los extraterrestres y su carga de adminículos para los pies.

Formado ya el nuevo gobierno provisional e iniciado el proceso de reconstrucción en los sitios donde las tropas invasoras se acomodaron, presumible y seguramente firmado ya el traspaso de todo lo que se encontrara en el subsuelo del país vencido - que no fueran zapatos - a la gigantesca corporación que representaba los vencedores, las tropas agresoras comenzaron a retornar y fueron recibidos por el presidente y sus lugartenientes en un portaviones, con la gigantesca pancarta que en letras de molde decía: «misión cumplida».

Era imposible para las cámaras de televisión que firmaban el evento o para el ojo humano leer el pequeño aviso agregado por el artista de la pancarta: «contrato firmado», quien en forma sardónica se refería al traspaso del oro negro del subsuelo de Irak a las refinerías de la corporación que, con tacto e inteligencia irrefutables, había sacado al ministro de defensa de su puesto diez años atrás, lo había hecho gerente de la corporación que puso los mayoría de los fondos para elegir al presidente de la nación, y lo hizo nombrar vicepresidente, en una jugada magistral tan común en el ajedrez.

LOS MUERTOS SE LEVANTAN

Algunos de los miembros de la pequeña minoría, que habían atacado a una de las naciones agresoras estrellando sus propios aviones contra dos de sus grandes rascacielos, vieron la oportunidad de ir a luchar cuerpo a cuerpo contra las tropas de los países imperialistas. Eso se convirtió en la excusa de los agresores para señalar, como miembros de los rebeldes, a los simpatizantes del partido político derrotado por la descomunal fuerza invasora de las dos naciones más poderosas y menos pensantes del globo terráqueo.

Allí fue Troya. El corazón de los que habían enterrado el cadáver de algún familiar o habían escuchado el relato de cómo lo habían visto volar por los aires, convertido en moléculas de carne y trizas de piel, fue el lugar donde los muertos comenzaron a levantarse e impulsar a sus seres queridos a la revancha y la defensa de lo que un día llamaban patria y hoy estaba convertida en el cuartel de poderosos ejércitos, cuidando a los ingenieros de la corporación que ya comenzaba a tomar medidas y movilizar equipos para extraer la sangre de la tierra, el petróleo, como se le conoce en el lenguaje popular.

Los cuerpos de los despatriados, reforzados por sus muertos, comenzaron las batallas contra los agresores usando la técnica de guerra de guerrillas, golpear y esconderse. Los muertos entre las tropas invasoras, que antes se contaban con los dedos de las manos, ahora requerían calculadora para contarlos, pues pasaban de cientos. Sin embargo, poder es poder y dinero es dinero, así que el demagogo y sus asesores, al ver caer en las encuestas el apoyo popular a causa de los goles en contra, contrataron por intermedio de su tesorero, el ministro de defensa, a la misma corporación que lo había llevado al poder para buscar una solución. La genial idea de la corporación para enmendar el problema fue la de organizar un escudo humano alrededor de las tropas, de tal forma que si habían más victimas, fueran de la nación perdedora y no de la libertadora.

En aviones de la fuerza aérea metieron más de 14 billones de dólares en efectivo, o sea, más de 363 toneladas de billetes con los que compraron la dignidad de los del partido político que no estaba en el poder cuando la invasión se llevó a cabo y que, en el estado de caos reinante, era la única forma que tenían para garantizar comida a sus hijos. Fueron pagados para formar una barrera de seguridad entre los patriotas y los invasores, pues estaban dispuestos a cualquier cosa con tal de lograr los amados dólares verdes que teñirían de rojo su patria. Pero con la ética que caracteriza al partido en el poder, se puede estar no muy lejos de la verdad al creer que más de la mitad de ese dinero pudo retornar en aviones privados para financiar la campaña electoral del 2004, ganada por los genocidas, a pesar de que ya el pueblo americano estaba consciente de que los organizadores de la guerra habían manipulado sus cerebros y corazones.

La estratagema consistió en amenazar a uno de

los clérigos más poderosos y con mayor número de milicianos a su servicio, de juzgarlo por ciertos crímenes que éste había cometido, y después de algunos dimes y diretes, llevarlo a la mesa de negociaciones y decirle que sus transgresiones serían perdonadas y no sería juzgado si aportaba sus milicias para ayudar a formar el escudo humano alrededor de las tropas necesitadas de protección, para preservar los altos números del presidente en las encuestas. Más tardaron los intermediarios en hacer la propuesta que el clérigo en aceptarla.

El segundo aspecto de la solución propuesta por la corporación fue la creación del ejército y la policía de la destruida nación, para defender a las tropas agresoras y a los técnicos de la corporación encargada de alimentarlos, reconstruir oleoductos, acueductos, plantas eléctricas, escuelas, hospitales y embalsar los cadáveres de soldados muertos en crónico estado hipnótico. Una recomendación especial era la de no aceptar entre los miembros de las nuevas fuerzas armadas, a simpatizantes del anterior régimen, como castigo a la afrenta del gobierno destronado de no haber negociado la preciosa sangre de la tierra con la corporación dueña del alma, cuerpo y cerebro del presidente, vicepresidente, ministro de defensa y primer ministro del aliado más poderoso que tenían los agresores. Esto, más el aliento de sus muertos pugnando en su pecho por retornar a la vida, hizo de aquellos arrinconados por la necesidad, un ejército de parias descalzos que daban su vida y su muerte por ahuyentar a los invasores, y si no retomar el poder, por lo menos ser considerados en el campo laboral manejado por la corporación. Preferían volar en pedazos junto con sus enemigos antes que alimentarse de cadáveres de hombres, que era la única alternativa dejada por los agresores y sus mercenarios.

Por otra parte, veamos qué sucedía en la mente de los soldados pertenecientes al equipo triunfador. La mayoría de estos hombres armados con las más poderosas, eficaces y modernas armas, eran jóvenes recién salidos de las escuelas que ingresaron a la rama militar, no por el deseo o la satisfacción de matar, satisfacción y deseo que sí siente el ex-gerente de la corporación y ahora vicepresidente de la nación, pues sufre de un amor irracional por la cacería sin importarle que cuando está de caza, no distingue entre un hombre y un venado. Estos jóvenes con el deseo de entrar a la fuerza laboral de su país y continuar sus estudios o seguir en la carrera militar, no eran conscientes de que actuaban bajo el influjo de la hipnosis, que con ignorancia pero con amor, sus padres y profesores, además de los medios de comunicación, inyectaron en sus mentes cuando niños, utilizando los símbolos de la bandera, un escudo y un himno.

Al ser sometidos al estado hipnótico, les fue ordenado amar aquellos símbolos hasta la muerte, pero la apabullante realidad es que, de por vida, terminan siendo esclavos de las órdenes emanadas por quienes controlan estos emblemas, y concluyen no distinguiendo entre defender su patria o destruir la patria de otros en beneficio de los individuos que, dueños de poderes especiales para mentir sin dejar rastro ni remordimiento alguno, poco a poco escalan hasta el podio donde las insignias con que se hipnotiza yacen inertes, ignorantes de los mares de sangre brotados de los cadáveres de hombres, mujeres, y niños conque soldados hipnotizados en su niñez, han abonado el globo terráqueo.

El desconcierto y el estrés por este cambio repentino de valores en su mente, ha causado tales trastornos de conducta en estos soldados, que algunos se han tornado en asesinos automatizados, y ya hay ejemplos de unos de ellos que después de matar a una mujer, la violaron, mezclaron su semen y la sangre de la víctima con los sollozos de infantes presentes en estos actos de barbarie, que no otra especie en los billones de milenios de existencia del universo, ha cometido.

Si usted, amigo lector, no está seguro aún de la lealtad de los candidatos a sus bienhechores, en un pequeño paréntesis puedo informarle que otro de los grandes patrocinadores fue una poderosa firma de la bolsa de valores, quien a cambio pedía que los fondos de seguridad social pudieran ser manejados por cada individuo en la bolsa; sin embargo, el público conocedor de que la mayoría de estas firmas son expertas en actos de magia o maleficios para hacer desaparecer el dinero de sus cuentas corrientes, se opuso con todas las fuerzas a este atraco con licencia, en que el presidente y sus secuaces invirtieron billones del presupuesto nacional para convencerlos de la magnanimidad de la propuesta.

Todo fue en vano. Mientras un horrible vendaval azotaba las costas de New Orleans clamando vidas, destruyendo y arrasando viviendas y sueños, de Washington a *Wallstreet* volaban papeles en chárteres pagados con reservas federales, para firmar el traspaso de todos los fondos de calamidades y dineros de seguridad social a la firma de *Wallstreet*, que puso millones de dólares para la elección del experto vendedor como presidente de la nación más rica de la Tierra. ¿Ha recibido usted, amigo lector, noticias de los medios de comunicación acerca de este suculento contrato...? Ahora ya sabe usted ahora cuál fue la causa en la demora para socorrer a los damnificados.

Volvamos al genocidio organizado desde la Casa presidencial. El nuevo ejército y cuerpo policial de la nación invadida, conformado principalmente por las milicias del clérigo de quien los agresores lograron sus servicios después de absolverlo sin juicio por un crimen político, cuidaron de las libres elecciones donde sería elegido un gobierno de ciudadanos nacidos en esa nación, pero educados y catequizados la mayoría de ellos en una de las dos potencias invasoras.

Muchos de los pocos candidatos de la minoría del gobierno anterior que se atrevieron a inscribirse, aparecieron con una bala entre ojo y ojo, preludio de la guerra civil que se veía venir pero que no empezaría en forma sino cuando las naciones invasoras hubieran armado hasta los dientes a su equipo favorito.

Sin importar el escudo de seguridad que mercenarios y apátridas formaban alrededor de los invasores, los muertos entre estos continuaban ascendiendo en número y la popularidad del genocida y sus secuaces decrecía aceleradamente, ya que las armas de destrucción masiva no aparecían por ninguna parte y los honestos americanos y británicos comenzaron a sospechar del fraude, exigiendo a sus gobernantes la verdad; y estos, sin vergüenza, con ironía que el mismo Satán envidiaría, inventaban día a día una nueva excusa para la masacre que se estaba efectuando, hasta que no teniendo como más excusar la atrocidad de la guerra civil que sus acciones iniciaron, su lema fue: "hasta la victoria final", consigna que los medios de comunicación repiten cotidianamente y poco a poco va internándose en el cerebro del oyente o lector, hasta hacerla propia.

La preocupación del americano medio por su cheque semanal, además de la programación hipnótica a que ha sido sometido desde pequeño, y la necesidad de proteger a su familia, le obligan a dejar en manos de su representante en el gobierno todo lo concerniente a presupuestos, leyes y relaciones internacionales. Ignora, y probablemente no desea conocer, que los fondos destinados para productos de guerra no son sujetos a escrutinio público, por ser secreto de estado e interés nacional, y ésta ha sido la causa de que la industria de la muerte es la mas usada por los gobernantes para marcar la tierra, marca que consiste en contratos ocultos a los ojos del pueblo, contratos que pagan por sus elecciones.

La elaboración de productos para la guerra ha crecido tan desaforadamente y sus factorías poseen tanto inventario, que inventar guerras y empujar a otros países a guerrear contra sus vecinos es un arte que pronto tendrá doctorado en las mejores universidades de América, aunque ya el *lobbyist* tiene el título *honoris causa*.

Si aceptamos una ecuación planteada en la parte matemática de la Geometría del Absurdo:

Pasado + Presente = Futuro

es posible predecir que, cuando la estación espacial pueda ser habitable por el presidente y sus secuaces, si una corporación pone a la venta una bomba capaz de aniquilar el planeta, desde allí, presidente, compinches y sus más cercanas marionetas, mirarán los fuegos artificiales de la Tierra eructada fuera de las entrañas del cosmos, por la maquiavélica concepción de que quién recoge más dinero por la venta de leyes es electo presidente o legislador, que estos reparten el presupuesto, y que el presidente propone los miembros de la Corte, que supuestamente deben dilucidar si los actos de gobernantes y gobernados son racionales o irracionales, aceptando la racionalidad o razón como la raíz de la ética.

Nadie puede dudar de que los jueces de la Corte Suprema son estudiosos conocedores de las leyes y tratan de ser tan justos como el juez Salomón, cuando dirimiendo el conflicto entre supuestas madres de un bebé, ordenó partirlo por la mitad para hacerse un juicio correcto de quién era la verdadera madre. Solamente que si esto sucede en los estrados de la Suprema Corte y una de la madres pertenece al partido del presidente que nombró al juez y ella está vestida de rojo, cuando el magistrado dé la orden de partir al niño por la mitad y entregarle una parte a cada una, si la verdadera madre dice: "no lo divida, prefiero que viva, déselo a ella", el juez dirá: "ya oyeron, la verdadera madre es la de rojo, la otra así lo dice". Y si la verdadera madre dice al juez: "prefiero que lo divida antes de que viva con quien no es su madre", el juez dirá: "ya lo ven, no es su verdadera madre, pues no siente temor a que el niño muera, dénselo a la de rojo".

Que se juzga en colores y no en razones nos fue comprobado cuando el *lobbyist*, antes de transformarse en genocida, logró los votos de quienes defienden su color político para ser seleccionado como presidente, sin un conteo justo del deseo de los electores.

Además del record que esta nación ostenta en genocidios y homicidios ordenados por sus gobernantes a honestas pero hipnotizadas tropas, en el año 2000 adquirió el récord de que en la práctica, en un país de 300 millones de habitantes, sólo fueron tomados en cuenta nueve votos, cinco de republicanos y cuatro de demócratas, y para vergüenza de la nación, el equipo de los vendedores de armas y fabricantes de cadáveres triunfó cinco a cuatro.

En la guerra civil que nuestro gobierno ignitó en Irak para deshacerse de los enemigos de la ocupación y traspasar el petróleo a nuestros suelos, después de arrinconar a la minoría y armar a la mayoría, puede leerse en los periódicos nacionales que el gobierno invertirá cien billones de dólares en ovijas nucleares para sus armas de destrucción masiva.

Así que lo que sirvió como una excusa para llenar de cadáveres un pedazo del planeta tierra y de angustia a corazones hambrientos de pan y de justicia, es hoy revaluado por nuestro genocida que, con nuestro oprobioso silencio, esta gritándole al mundo entero mientras sus testaferros acrecientan sus sangrientas cuentas corrientes: que tendremos las más efectivas armas para destruir en abundancia.

¿Será que esos mentirosos especializados cerebros no tienen un minúsculo campo para procesar la información de que la amenaza de un país no son los habitantes de otro país sino sus gobernantes, y que sólo estos deben ser castigados, y no un pueblo honesto que lucha por educar y criar a sus hijos? ¿Somos todos los americanos culpables de que la ambición de nuestros dirigentes haya creado una tala indiscriminada de árboles en el medio oriente, utilizados para fabricar ataúdes y enterrar a los muertos adquiridos con balas disparadas desde el cerebro de nuestro presidente, y producidas en la corporación regentada por nuestro vicepresidente...?

Somos cómplices silenciosos pero no asesinos. Nuestros mismos soldados tienen la excusa de estar actuando bajo estado de hipnosis. ¿Con qué razón, pues, vamos a producir armas para destruir pueblos, si los culpables son unos pocos individuos? ¿Por qué ese dinero, en un gesto de contrición, no se le entrega a un fondo internacional para que los iraquíes reconstruyan su tierra y sus corazones? Si nuestro gobernante tuviera la humildad de solicitar perdón y pagar para reparar los daños, lo perdonaríamos y seguro que el pueblo de Irak lo perdonaría. De no hacerlo así, los americanos tenemos la obligación moral de juzgarlo, condenarlo y colgarlo, junto con los cómplices de este ignominioso crimen, en la estación espacial para el cosmos, en su infinita grandeza, sea testigo de que comenzamos a cambiar, a buscar el camino de la justicia, y que abandonamos nuestra colaboración en los asesinatos masivos decretados por nuestros líderes y cometidos por nuestros hijos.

Para festejar el cierre de las celebraciones navideñas en el oeste y la apertura de ellas en el este, nuestro presidente entregó en bandeja de plata, el cuerpo del expresidente del país invadido, que no había querido negociar la sangre de la tierra con nuestra nación, a su secretario llamado Primer Ministro de Irak, para que iniciara las festividades poniéndole una soga al cuello al intransigente que no sólo había hecho eso, sino que además había dejado de negociar con las divisas de nuestro país, los famosos dólares verdes que de ser irrigados en su totalidad a la industria de guerra que el *lobbyist* representa, teñirían de rojo todas las aguas de mares y ríos de este planeta, y el cielo se vería de color violeta.

Antes de descabezar al líder de la minoría del país arrasado, éste fue insultado y la burla antecedió a su ejecución para ejemplo de los futuros gobernantes. Siete días después, el Primer Ministro de Irak, apresurado, firmó un contrato con las grandes compañías petroleras de los países invasores, cediéndoles durante los treinta años venideros el preciado líquido negro que mantiene compacta la corteza terrestre. Había entendido el mensaje y no quería bailar en los aires con una soga alrededor de su cuello.

Por su parte nuestro presidente, en un gesto de compensación a tanta hidalguía y comprensión por parte de su secretario, le garantizó el envío de otros treinta mil hipnotizados soldados, para que ayudaran a destruir los cuerpos de quienes aún tienen en su mente recuerdos del anterior régimen, y sueñan conque pueden revertir los hechos y liberar su patria de los usurpadores, reconquistando los derechos sobre lo que un día fue su territorio y hoy es propiedad de grandes multinacionales.

Los nuevos legisladores electos por el pueblo, que ya conoce las verdaderas razones del asesinato de los patriotas iraquíes, y quieren sus soldados fuera de la tierra ensangrentada por la ambición de una corporación que supo escoger su comisionista para ganar el contrato de reconstrucción, se oponen al envío de más tropas para acabar de aniquilar a los iraquíes en edad de guerrear.

Certificado por uno de los soldados americanos que participó en el asesinato de veinticuatro civiles iraquíes, y fue testigo del acto de algunos de sus compañeros de armas, quienes fueron capaces de tener orgasmos con el cadáver ensangrentado de una joven iraquí. Soldado que dijo haber recibido esta orden de su comandante: "maten a todo el que esté en edad de combatir". Esta táctica no es nueva, fue utilizada por los fundadores de nuestra nación para acabar con los indígenas, antes de conquistar lo que era un apacible mundo, hasta cuando las manos de los reyes alcanzaron el cuello de nuestros indios.

Como la oposición al envío de hipnotizados soldados a implementar el genocidio más numeroso y por la más morbosa de las razones que han originado las masacres en el planeta, no será acompañada de recortes en el presupuesto para no evitar lo que los alegres compadres desean, ríos de sangre encubriendo el verdadero origen de sus acciones, y porque la fiesta de partición del presupuesto es bipartidista y asegura al legislador su reelección, nuestras tropas continuarán poniendo los muertos y matando a los vivos, mientras los líderes bailan al son del tintineo de las monedas.

Lo que callan los periodistas pagados por el Pentágono, y aquéllos que degustan su plato de comida sazonada con la sangre de inocentes, es que en lugar de estar nuestros soldados obligados a cumplir labores homicidas en otras patrias, dada su juventud y entusiasmo, podrían estar aquí, en la tierra que los vio nacer, aprendiendo y enseñándonos que la comida se debe degustar por la razón y no sólo por la sazón.

La única posibilidad de que una invasión a tierra extraña no termine en una retirada de los ocupantes, como ha sido demostrado en nuestra historia y prehistoria, es el asentamiento masivo de los invasores en la tierra conquistada y la colosal eliminación de los hombres aptos para guerrear entre los conquistados, salvando sus mujeres en edad de copular, para la diversión y diversificación de la raza de los conquistadores.

Aunque en un principio usen las armas, después del asesinato en masa de los invadidos, los colonialistas deben utilizar su lenguaje acompañado con generosidad, para cautivar el corazón de las mujeres desprotegidas por el exterminio de sus hombres.

Si bien nuestros gobernantes están usando billones de dólares y las corporaciones a mercenarios para asentarse en el territorio invadido, tienen que mantener bien hechizado a nuestro pueblo - que es quien aporta las tropas - para que acepten que sus hijos, los soldados, se conviertan en asesinos de manera que los contratistas, amigos de los gobernantes de turno, puedan gozar de mujeres ajenas. Estas morderán su rabia y su silencio, para que el invasor que esté saltando sobre su cuerpo, no sospeche que sueña que quien se desliza encima de ella, es el esposo que se levantó de su tumba, caminó por los aires, y la está poseyendo como lo hacía en vida, antes de la invasión. Pero mientras les sea posible a nuestros legisladores gozar del festín del presupuesto no fiscalizado, nuestros soldados estarán en Irak, sin otra alternativa que convertirse en asesinos o morir.

Nuestros parlamentarios prefieren olvidar y dejar sin investigar la verdadera causa de la invasión y el genocidio en Irak, pues no quieren que se sepa que muchos de ellos sufrieron la cocinada de su cerebro desde la presidencia; y otros, desde la oficina de presupuestos del Pentágono. Ineptos para mirar el pasado y dilucidar el futuro, son incapaces de ver que la única salida al conflicto es que aquellos que iniciaron la guerra civil salgan del territorio que no les pertenece. El motivo principal del nacimiento de las hostilidades desaparecerá, y luego de un tiempo los iraquíes se reconciliarán, y con más razón, si los compensamos por las pérdidas económicas, morales y sentimentales que les ocasionamos cuando los legisladores le dieron luz verde a los genocidas. Aunque el poder ejecutivo ya se había asignado esta luz verde, iniciando en la oscuridad de la noche la construcción de células terroristas, dándole el ejemplo a quienes quieran liberar a su patria del gobernante de turno, creando enemigos, porque así inoculan el terror entre sus domesticados electores.

Algún día saldrán de Irak las tropas prestadas gratuitamente a la corporación para hacer su irreprochable negocio. Sucederá cuando el pueblo americano, hastiado de ver tanta sangre brotando del cuerpo de sus soldados, tantos mutilados física o síquicamente, tenga el valor de decir "no más", sin importarnos los lamentos del presidente y su grupo de amigos en la legislatura, preocupados por saber quién cuidará en Irak los intereses de la empresa que se sacrificó e invirtió tanto dinero para ganar los servicios del ejército americano, en el preludio de una excavación petrolera sin precedentes en el pasado. Intereses que ganaron en batallas de buena lid, que pueden ser testificadas por los ríos de dolor y los millones de dólares ensangrentados que regresaron de Irak para financiar la campaña del año 2004, garantizando así la seguridad de sus corporativos ideales.

Para cerrar este capítulo, del que podrían escribirse tantas páginas que si se utilizara como tinta la sangre derramada de todos los asesinados por otros miembros de su misma especie, durante el curso de la historia y prehistoria del homínido, no alcanzaría para explicarnos las razones del por qué, pero una sola mirada al podio de nuestros gobernantes nos permitiría encontrar a los culpables, quienes ya dictaron leyes para evitar investigaciones de sus actos y esperan campantes y rampantes que el tiempo borre de la memoria de los hombres los sentimientos que nacen adheridos a las palabras originadas por los hechos y se van muriendo lentamente, como mueren de viejos aquellos que se salvan de las dentelladas de las fieras.

VIVOS Y MUERTOS HABLAN

Cuando el estadounidense común, hastiado y avergonzado de los crímenes que se estaban cometiendo en Irak, vio la oportunidad de una investigación seria de la banda de ambiciosos que había tomado el poder de la nación americana, con la esperanza de clarificar los verdaderos motivos de la guerra, eligió como legisladores a la mayoría de los miembros del partido opuesto a los gerentes de la compañía que en una jugada audaz, había entrenado en sus escritorios al vicepresidente y financiado la campaña presidencial.

Los representantes del pueblo en la Cámara y el Senado comenzaron su labor de escrutinio, y los americanos comenzaron a oír las voces de los vivos y los muertos, testificando acerca del origen y justificación de la guerra. La desvergonzada pero eficiente práctica de blanquear los cerebros de la turba, a través de los medios de comunicación, comenzó a ser ejecutada sin piedad por la casa presidencial, con los mismos ímpetus conque habían fabricado "las mortíferas armas de destrucción masiva" en el cerebro de todos aquellos expuestos a la radiación que emerge de las palabras escritas, habladas o calladas, para validar la invasión y masacre del pueblo asediado durante diez años. Ese calvario duraría hasta que sus habitantes a duras penas tuvieran fuerzas de levantar la cuchara, medio llena de alimentos, que les permitiera subsistir, y poder así ser reclutados por la empresa que, palabras más o palabras menos, se había apoderado del dinero de los americanos para comprar a precio de huevo fermentado, esa franja de tierra que para maldición de sus habitantes, cubre el corazón inundado de la sangre negra del planeta. Esa tierra tan apetecida por aquellos que con el dinero compran leyes y hombres, en un siniestro mercado de carne y sangre, que mientras especializan a sus científicos en la producción de armas de destrucción masiva e individual, buscan esclavizar a los animales que hablan y luchan por su subsistencia y la de sus hijos, ya no en una selva, asediados por circunstancias geográficas, sino en una selva de palabras que tienen vida y se alimentan de la razón de los hombres, la que ellos succionan mientras inoculan anestésicos y calmantes. Así utilizan a estos robots de carne y hueso en las diarias tareas de producir confort y diversión para los líderes del gobierno y sus financistas, incrustados en empresas capaces de amaestrar eficientes generadores de ganancias.

Cuando muertos y vivos comenzaron a hablar, se pudo oír por ejemplo la historia del cadáver de un soldado, fabricada con todos los recursos disponibles en la presidencia y el ministerio de defensa, que en realidad es la tesorería de la casa presidencial y que distribuye una parte del dinero para pagar el soborno y el silencio de los representantes del pueblo en la Cámara y el Senado. Otra para comprar la voluntad, voto y lealtad de aquellos que tienen que recurrir a un empleo en el gobierno para alimentar a sus familias, y parte del dinero restante en comprar ataúdes de baja calidad, destinados a los soldados muertos en esas guerras organizadas en el vientre de ambiciosas alimañas. Este es un vientre que tiene la forma de cerebro, y está incrustado en el cráneo de esas fatídicas criaturas que, con cuerpo de hombres, deambulan entre los hombres y los lideran, masticando fetos de espíritus a medida que crece la repugnante larva oculta a los ojos de sus hipnotizados seguidores por los huesos parietal y occipital.

De la voz de ese soldado muerto por sus propios compañeros y cuyo cadáver fue capaz de hablar después de fallecido, utilizando el cuerpo de algunos vivos, porque era una estrella de un deporte amado por los americanos, quienes contemplando a las estrellas de este deporte haciendo sus diestros malabares, olvidan su triste destino de cambiar moral y ética por un plato diario de comida.

El cadáver de este soldado atestiguó que había sido acribillado por las balas de su propios compañeros de infortunio, quienes en grandes portaviones habían sido trasladados a un sitio donde la única posibilidad, matar o morir, les hacía olvidar la sospecha que ya germinaba en sus mentes: eran soldados de una nación en una guerra privada, inventada y patentada por una empresa americana. Además, que su muerte en el campo de batalla por defender los derechos de autor y exclusivos contratos que pudieran generar esa guerra para dicha empresa y sus colaboradores, podía ser manipulada desde las páginas de los periódicos para reclutar más soldados, quienes hipnotizados desde niños por sus maestros en la escuela, y algunos por sus propios padres, aceptaban cumplir ordenes de matar o morir sin derecho a preguntar por qué.

Así renunciaban a la capacidad de discernir, convirtiéndose en simples manos cargando y disparando armas. Pero los cuerpos de estas manos están constituidos por palabras, que son las células de ese monstruo gigantesco que almacena sus larvas en el cráneo de los líderes.

Fue así como en periódicos, televisión, revistas y todos los medios de comunicación que subsisten de los contratos gubernamentales, se propagó la infamante noticia de que este soldado había muerto en el campo de batalla por las manos de terroristas, pues así llaman a los que defienden a sus patrias de invasiones por otras patrias. Las noticias lo utilizaron como bandera y un héroe digno de imitar, no sus malabares en el deporte, sino su voluntad de servir en las filas del ejército, ignorando que su comandante en jefe se vendía al mejor postor, y que a cambio de confort y votos que puede comprar con dinero, este comandante en jefe almacena en el vientre incrustado en su cráneo, larvas de la alimaña que descomunalmente crece en el tiempo y el espacio con la finalidad de destruir el planeta y la posibilidad de humanización del hombre.

Sus compañeros de armas fueron obligados a callar el verdadero motivo de su muerte y aceptar como un hecho inobjetable la historia mentirosa, que finalmente fue descubierta como un intento de multiplicar las manos que generan muerte, dirigidas por asesinos ocultos en la oficina oval de la casa presidencial, donde sus huéspedes, unos hacen el amor, otros la guerra, y los que menos, aman la guerra o le hacen la guerra al amor.

Una joven mujer, recién graduada de la escuela, cayó en esta telaraña y fue reclutada. Su belleza no impidió que fuera entrenada para matar o morir. Para ella, por su patria; para sus líderes, por el amor al dinero y al poder.

En una acción militar al comienzo de la invasión, cuando todavía las treinta y cuatro toneladas de billetes no habían sido utilizadas para dividir el país en sectas, y el odio hacia los invasores no estaba aún justificado pues las masacres sólo comenzaban, esta bella soldado fue capturada por el ejército de la nación invadida.

Estando convaleciente en un hospital de los atacados, al entrar las tropas invasoras a la ciudad, los soldados iraquíes abandonaron su prisionera y huyeron despavoridos, no estaban dispuestos a defender una patria donde el hambre caminaba como fantasma, a causa del infame embargo que ya duraba diez años. La bella soldado fue rescatada por sus compañeros sin necesidad de disparar más que balas al azar, por si las balas tenían la suerte de almacenarse en algún cuerpo.

Sin embargo, la noticia que se regó como la luz por periódicos y a través de toda la maquinaria para cocinar los cerebros de los americanos, fue que después de una larga lucha contra los terroristas, sus compañeros de armas habían rescatado a esta bella mujer, quien había peleado hasta lo último de sus posibilidades para no caer en manos de las tropas enemigas, disparando el fusil hasta agotar sus municiones.

Esta historia que fue creada por el equipo propagandístico de la rama ejecutiva, tratando de cautivar entre las mujeres nuevas heroínas de papel, que al final de la noche o al comienzo del amanecer irían a matar o morir, y como todo lo que rodeó el inicio de la tercera guerra mundial, eran mentiras urdidas en la mente de la siniestra empresa que vendía y compraba guerras, fabricando primero asesinos insaciables e insensibles en sus escritorios, y usando el dinero para hacer elegir el comandante en jefe del ejército mejor armado y mejor hipnotizado del planeta.

Esta bella soldado atestiguó que todo era una farsa y que nunca había disparado su fusil más que en los entrenamientos, cuando adormecido su consciente por el cansancio, al soldado le es grabado en su inconsciente el odio contra los enemigos, facilitándole así la capacidad de matar sin sentir arrepentimiento.

Cine, televisión, libros, revistas, noticieros y toda clase de medios capaces de transmitir palabras, fueron utilizados por las alimañas asesinas desde los cráneos donde estaban agazapadas en la casa presidencial, para regar esta historia donde la bella se convierte en bestia. Afortunadamente para esa mujer, su belleza le había dado la autoestima suficiente, amor propio que le sirvió como escudo en la hipnosis colectiva a que había sido sometida, y en lugar de la bestia héroe de la guerra, se convirtió en la bella mujer héroe de la paz.

A la luz pública salieron también las memorias del jefe de inteligencia del gobierno, usado como escudo por sus propios patrones para justificar el fracaso del encuentro de armas de destrucción masiva en la tierra invadida y quien, en un arranque de sinceridad para defender su imagen ultrajada por los cabecillas del holocausto, afirmó que la guerra ya estaba decidida y nadie haría cambiar de opinión al ex-gerente de la empresa que compró cuerpos y almas para abrir la caja de caudales del estado americano, sin importarle que había sido prevenido por la propia inteligencia militar acerca de que una guerra contra Irak, llevaría a la desestabilización de esa parte del planeta y a la muerte de incontable número de seres en uno y otro bando.

La muerte de civiles o las propias tropas no era adalid para detener la maquinaria de guerra, montada una década antes por la empresa que reclutó al secretario de defensa de ese tiempo, lo entrenó, y con la ayuda de las relaciones y el poder ex-presidencial del padre, puso al hijo más fácil de engatusar en la presidencia de la nación. Tenían la seguridad de que la capacidad de escribir, rescribir, borrar, añadir u omitir en la historia es un hecho cuando se tienen billones para hacerlo. Además, el asesinato indiscriminado de civiles, muerte de las propias tropas o daños colaterales, aparte de ser necesario para justificar el contrato de reconstrucción, no pesaba tanto en el otro lado de la balanza en comparación con los votos y poder que se podían obtener en el estado de Texas, el territorio nacional, y la seguridad económica de los hijos de los miembros de la banda. Ellos cerrarán sus ojos ante el hecho real de que la espátula que usen para transportar el alimento a sus cuerpos, estará literalmente llena de la sangre de los inocentes, muertos como resultado de la agenda de la empresa donde se comenzó a planear la masiva extracción de billetes de la tesorería general de la nación.

El astuto comerciante que ostentaba el cargo de vicepresidente se encargaría de hacer cumplir órdenes que llevarían la guerra civil a Irak, lo que garantizaría el contrato indefinido de la empresa que mostró, a los ojos del mundo, un gobierno americano en venta a precio de realización.

Aunque los senadores del partido opuesto a los genocidas habían logrado la mayoría en la Cámara y el Senado, no tenían el número suficiente para quitar a los asesinos del poder con cualquier excusa que no fuera la realidad. Comprendían que si el pueblo americano confirmaba su certeza de que la presidencia de la nación, sillas de legisladores y leyes, estaban a la venta, opcionales al mejor postor, se haría dificultosa y costosa la entrada a manejar y distribuir el presupuesto.

Por su parte, los legisladores del mismo partido de los miembros de la banda estaban felices con el derroche de dinero que alcanzaba a llegar a sus familias, amigos y votantes, hasta el punto de que uno de ellos, el padre de Mckane, candidato para suceder en la presidencia a la marioneta instalada en ella, fascinado, hechizado y electrificado, respondió cantando a una pregunta sobre sus intenciones con la nación que estaba de repuesto para ser destruida en la agenda de la empresa: "bombardear, bombardear, bombardear...Irán". Ese era un mensaje en clave para quienes, usufructuando la guerra, estaban llenando sus bolsillos de ensangrentados billetes que, limpios o sucios tienen el mismo poder adquisitivo, para que compartieran sus ganancias y adquirir así votos, si querían que continuara abierta la caja de caudales que guarda los frutos del sudor y trabajo de los americanos, y continuaran cerrados los ojos de los que deben velar por el buen uso del tesoro nacional.

En la obra del jefe de inteligencia se puede leer que el presidente, vicepresidente y todos los miembros de la banda gastaron tiempo en entrenar a sus súbditos para que, por arte de magia, aparecieran pruebas de inteligencia militar donde se juraba - en el nombre de Dios y el Diablo - que el país en que iban a poner a bailar los cadáveres, mientras ellos gozaban del poder y repartían entre sus amigos billones de dólares, estaba lleno de armas para destruir en masa, cuando allí sólo existían seres famélicos por el asedio a que estaba sometida dicha nación.

En ese libro, el jefe de inteligencia nos dice que el presidente personalmente asistió a los entrenamientos, para promover e incrustar en los legisladores la necesidad de la guerra, y que en la oficina de la vicepresidencia, se falsificaron informes de inteligencia agregando y omitiendo palabras. No nos dice que mientras tanto, en la Secretaría de Defensa, se firmaban los correspondientes contratos con las empresas que garantizaban el regreso del dinero extraído, por medio de colaboraciones y empleos para los amigos de los facinerosos, ni llega al fondo de los motivos que impulsaron a la banda de ladrones de cuello blanco y corazón negro, que no sólo cocinaron libros y cerebros, sino que también fabricaron más de medio millón de cadáveres, usando como materia prima los cuerpos de hijos de madres que un día soñaron conque sus descendientes ascendieran al poder en el gobierno y que, gracias al ejemplo de esta banda de salteadores de almas y caminos, hoy repugnan el recuerdo de esos sueños. Sobra decir que el presidente, vicepresidente y sus lacayos, se oponían con el mismo fervor con que iniciaron la guerra, a que ésta terminara pues sería para ellos una horripilante pesadilla escuchar el sonido producido al cerrarse la caja de caudales, donde se guardan sudores ajenos en forma de billetes.

El director de la central de inteligencia americana, en un párrafo de su libro, abrió puertas y ventanas de la casa presidencial, permitiendo la entrada de todos los americanos que quisieran hacerlo, para ver los trofeos de guerra orgullosamente exhibidos por su nuevo propietario, el presidente. Entre ellos se contaba la pistola que había estado en poder del derrocado jefe del estado de Irak, y la soga conque le estrujaron el cuello para exilarlo del mundo de los vivos y entrarlo al mundo de los muertos.

Lo que sirvió de alarma para comenzar a despertar al pueblo americano de su cómplice silencio en los atroces asesinatos sobre el planeta tierra, fue poder entrar a la oficina presidencial y leer en sus paredes el testimonio del ex-director de la CIA, quien afirmó que en el preludio de la invasión a Irak, - antes de haber sido autorizada la guerra por los legisladores - el gobierno americano había creado grupos terroristas para sembrar el terror allí. Destruyendo nudos de comunicación, asesinando miembros del partido político en poder del gobierno y creando todas las condiciones para cuando se iniciara la destrucción en masa de los bienes sociales de los iraquíes, la empresa encargada de reconstruir esa patria demolida por las bombas, no gastara mucho tiempo en la reconstrucción, y su hoja de balance general mostrara grandes ganancias, que le permitirían vender a los socios de la banda sus acciones en la empresa a tales precios, que asegurarían el futuro económico de sus descendientes durante siglos.

Los guerrilleros, armados y financiados por el gobierno americano para hacer capitular a los presidentes de las naciones ricas en la sangre del planeta tierra, o las naciones que no abrieran sus puertas a negociar con las corporaciones americanas, - donde presidente y vicepresidente, expertos compradores y vendedores de acciones tenían las suyas -, eran los grupos que originaron las guerras civiles que habían inundado los continentes durante los ocho años que duraron en el poder los macabros representantes de la compañía. Esta, para borrar las huellas de sus componendas, decidió trasladar su gerencia general a otra nación, destruyendo en la mudanza los archivos y recuerdos que permitieran reconstruir el pasado. Su nueva sede fue visitada por el vicepresidente, quien organizó un viaje a Irak para ser espectador en primera fila de la cacería de vivos, y de allí viajó a la ciudad donde se había trasladado la corporación de sus ahorros y sus amores, para hacer los arreglos pertinentes sobre sus porcentajes y nuevos contratos.

Los americanos en los muros de la casa presidencial, leyeron la tenebrosa historia de dos compadres, ladrones comunes y corrientes, amantes a morir del dinero y del poder, quienes vieron en el ataque a las torres gemelas de Nueva York, una oportunidad de oro para desarrollar las vandálicas intenciones que ya tenían incrustadas en sus cerebros, antes de infiltrarse como cabezas de la rama ejecutiva en el gobierno. Y no dudaron en convertir a las inocentes víctimas de este ataque en banderas y escudos, para utilizarlos en el acto de magia más espectacular que se haya visto jamás en planeta alguno, desde los inicios del tiempo sin fin: la transformación de cadáveres a billetes.

EL INFIERNO

En los capítulos anteriores he dejado observaciones generales acerca de las teorías del origen y acción de los tres catetos que comprenden el triángulo cuya área es el absurdo: hombre, sociedad y estado.

Observando el mundo exterior nos es posible argumentar que el desarrollo de las ciencias y el entorno exterior del hombre se deben a definiciones que han sido extractadas a través de observaciones y cuya repetición consuetudinaria del fenómeno nos ha permitido clasificarlas como leyes.

Sin embargo, a pesar del intento de fotocopiar las normas de la naturaleza y plasmarlas en un papel llamado constitución, donde se dice que todos los hombres son iguales, se propugna por el derecho a la vida, a la propiedad y al discernimiento; se constituyen cuerpos policiales armados para hacer respetar las leyes; se instituyen iglesias o monasterios para inducir a la ética y a la igualdad, y se crean escuelas e universidades para la transmisión del conocimiento. A pesar de todo, los crímenes cometidos por los estados superan en cantidad a los cometidos por los individuos. Está más cerca un niño de ser violado o molestado sexualmente dentro de una iglesia por el sacerdote o pastor que fuera de ella. Y las nociones transmitidas en las escuelas y universidades en los estados en que existen, especializan al hombre para desconocer las desigualdades sociales, aceptarlas y multiplicarlas, con el fin de obtener el éxito, es decir, pertenecer a la clase de privilegiados que tienen a su mando el ejército que defenderá sus derechos o deseos.

¿Cuál es la causa de que el mismo hombre obtenga éxito en la aplicación de las leyes de la ciencia, y un efecto totalmente contrario en las ordenanzas que regulan la coexistencia entre los individuos? Simplemente, nuestros gobernantes se deleitan con la situación actual, disfrutan del confort, son inmunes a las leyes y no desean cambiar las condiciones existentes.

Basados en que el presente es un pasado alargado hacia el futuro, que es otra forma de definir la fórmula: Pasado + Presente = Futuro, y que la medida del pasado está dada y no es cambiable, pero sí es posible cambiar el presente, y como consecuencia, el futuro cambiará aunque no podamos percatarnos de su transformación.

Que el hombre ve en círculos es un teorema innegable. No es necesario probar que el hombre ve en todas direcciones a la misma distancia, pues la evidencia es abrumante, lo que hace un círculo del producto de su mirar alrededor.

Si analizamos la violación a los derechos del individuo y los aberrantes crímenes cometidos por la nación, o por la iglesia cuando gobernaba, antes del acuerdo de que el país organizara y explotara la parte física del planeta, mientras que la iglesia se encargaría de la parte etérea, espiritual, o para ser más exactos, de regular los sentimientos de amor y odio, que son un espejo de las fuerzas físicas centrípeta y centrifuga. Tiempo cuando decir que la tierra no era el centro del universo bastaba para ser quemado vivo. Al igual que hoy, no negociar con nuestro estado en los términos exigidos por nuestros gobernantes, es suficiente para terminar con la soga al cuello, descabezado, o simplemente en átomos volando.

Este análisis nos permite deducir que nuestro cerebro está condicionado para razonar y actuar en círculos, ya que el asesinato a mansalva e indiscriminado, ha sido el arma predilecta de los gobernantes para ensanchar sus dominios, pues el círculo del gobernante debe crecer hasta la suma de los diámetros de los círculos de sus aduladores.

Si el crimen no ha sido desterrado de la especie de los hombres debe haber una razón fundamental para ello. Observando lo que nos es posible mirar o intuir, colegimos que es beneficiosa para el estado y los gobernantes la existencia del asesinato. Esto permite librarse de individuos que ideológicamente puedan influir en la comunidad para cambiar las estructuras del poder, y que amenacen con el cambio de los círculos sociales que manejan el presupuesto, pues manejar el presupuesto para comprar y vender votos que se transformen en dinero, es la finalidad de todo líder y sus adeptos. Este objetivo lo defenderán así tengan que crucificar a sus propias madres o compartir con Satanás el infierno en la otra vida, si así gozan del paraíso en ésta.

Los aduladores de nuestro gobernante que hacen de nuestra nación una tiranía y dictadura con las naciones extranjeras, afortunadamente para nosotros que gozamos de ser americanos y estamos en el círculo de sus protegido, son los productores de armas cuyos mejores vendedores están en el ramo militar, y este es el negocio del estado.

La técnica utilizada por nuestros vendedores para multiplicar el uso de su demoníaco producto es generar guerras. Esta es la única forma de garantizar el uso masivo de las armas y sus aditamentos; nuestro gobierno es un experto en el manejo de ese campo y la extorsión es el instrumento favorito para iniciar hostilidades, apareciendo ante la opinión pública como la víctima, cuando en realidad, es el primer agresor.

¿Qué diría usted si yo soy su vecino y le digo? "Yo puedo tener un yate en mi jardín, pero usted no. Si intenta poner un yate en su jardín, a mí no me importa para qué lo usará, no va a poder tratar con ninguno de sus vecinos, no va a poder negociar, y si eso no es suficiente, para que tenga una idea de lo que puede pasar, mire la colección de armas que tengo y eche una mirada retrospectiva a lo que ha pasado a quienes no me han obedecido". ¿Usted qué diría? ¿Quién inició la afrenta...? Esta técnica fue copiada a Al Capone y su círculo, quienes la utilizaron primero ofreciendo protección, la misma que nuestros gobernantes nos ofrecen, y el pago por esa protección es la de estar dispuestos a ofrecer la propia vida y la de nuestros hijos, es ir a destruir los enemigos creados por nuestros gobernantes, con el fin de vender los inventarios de las fábricas de artefactos, que sin recato producen muertos.

Si analizamos un poco el presente y vemos que la defensa no ha sido tan efectiva, y lo que ellos llaman victoria, (escrúpulos han de faltar en quienes usan este lenguaje tratándose de asesinos y asesinados) no ha sido tan aparatosa como nuestros e ilusos líderes creían, el mercado se les está cerrando, porque el pueblo no está dispuesto a entregar más vidas a cambio de la venta de armas, por lo menos en la presente guerra. Y lo que tenían planeado después de una rápida masacre en Irak: pasar a Irán, parece dificultoso. Aunque ya los cerebros de los americanos han sido y siguen siendo bombardeados constantemente por aquellos periodistas que reciben pago del Pentágono para que el pueblo acepte, como un hecho justo, la agresión contra Irán, Siria o Corea del Norte.

Un famoso senador del partido político contrario al presidente, famoso porque habiendo perdido en elecciones el derecho a postularse como candidato de su partido, decidió volverse independiente, infectando con su nombre la única alternativa que tenían los votantes de no pertenecer a los partidos políticos tradicionales. Este senador, sobornado hasta el cansancio por la presidencia, en dúo con el padre de Mckane, pregonaba la monstruosa necesidad de no dejar piedra sobre piedra en Irán.

Una nueva guerra será inevitable si no cambiamos las estructuras y comenzamos a gobernar, y no a ser gobernados. Aunque los ardides utilizados por estos comerciantes de la muerte son infinitos, y reptan como culebras para encontrar cualquier orificio por dónde penetrar para lograr sus objetivos.

Lo más factible es que ya estén en conversaciones sobre un plan de contingencia utilizando a otras naciones para atacar, aunque no es tan rentable para nuestros gobernantes, obtendrán la venta de armas y las comisiones que ello representa, y si es necesario, organizarán un ataque en nuestro propio suelo para justificar una arremetida contra tierras extrañas.

Con un poco de la malicia indígena que nos dejaron antes de arrasar con nuestros ancestros, podemos predecir el futuro: si nosotros no atacamos a Irán, Israel lo atacará, y Japón a Corea del Norte, aunque con Corea del Norte podemos alcanzar un acuerdo, porque ese Diablo - - como lo llamó nuestro presidente -, no tiene en el subsuelo la sangre negra que tanto ama la corporación que lo eligió, y por eso, con ese Satán podemos dialogar. "No hablamos con Lucifer", dijo el vicepresidente cuando Irán propuso diálogos para un acuerdo, pues ese demonio sí está sentado en un torrencial pozo de sangre negra y los dioses ordenaron a nuestro presidente, vicepresidente y sus marionetas, apoderarse de esa negra sangre y volverla humo.

¿Podemos los gobernados cambiar este futuro, y en lugar de la función principal de nuestros gobernantes de repartir el presupuesto y fabricar guerras, la finalidad sea exterminar el crimen, la desigualdad entre los hombres en el planeta, y el desarrollo a proporción geométrica de la ética y el conocimiento, para que esté al alcance de todos sus habitantes...? ¿Podemos destruir las monstruosas fábricas de cadáveres llamadas estados sin autodestruirnos, y hacer del planeta Tierra la patria de todos los hombres mientras alcanzamos conciencia real, escapamos del reino animal y nos convertimos en humanos? Es posible, si comenzamos a cambiar el presente.

Si el presupuesto de la nación fuera repartido desde las universidades, tendríamos más ex-militares en las aulas adquiriendo conocimiento, y más científicos legislando. Así, gradualmente, podríamos cambiar el hoy y lograr el mañana anhelado por las almas del común, todas aquéllas para quienes la muerte ajena no es un negocio.

He aquí la historia de Mckane, Anne y Yozak, que desenmarañará la monstruosa realidad que encierra la guerra, cuyas llamas queman más que las del propio infierno.

Mckane, Anne y Yozak tenían la misma edad y aunque no se conocían, el destino los unió. Mckane era hijo de un legislador, y el hecho de que su padre pudiera repartir una gran porción del presupuesto nacional a su acomodo, lo que casi le aseguraba una posición vitalicia en el Congreso, hacía de Mckane un muchacho con un porvenir abierto. Era saludado con respeto por los aduladores de su padre, que deseaban una porción de los fondos federales, y la deferencia conque era tratado acrecentaba su autoestima, forjaba en él una personalidad férrea y no dudaba un instante de que el planeta Tierra y sus habitantes giraban como debían girar, y estaban donde debían estar.

Mckane aprendió en la escuela las leyes de la etiqueta, algo sobre geografía, y la parte de la historia donde se narran las epopéyicas guerras y victorias para construir la patria que todos debemos adorar y, si es necesario, morir por ella. Mckane aprendió de memoria la frase que tanta sangre costó escribirla: "Todos los hombres han sido creado iguales". "Afortunadamente, las circunstancias nos hacen diferentes", - pensaba -, mientras estudiaba las oraciones que debía repetir de memoria para obtener grados aclamados en sus clases, lo que le permitiría un día tomar la posición de su padre.

Anne no contaba con la misma suerte. Su padre trabajaba en una fábrica de ataúdes y su madre era maestra de escuela. La profesión de su padre implicaba de por sí pocas amistades y más bien, un trato apartado de quienes le conocían, pues en una u otra forma lo relacionaban con la muerte. Las amistades de su madre, por el contrario, eran deferentes con Anne: profesoras de la misma escuela, y Anne las esquivaba para que sus compañeros de clase no pensaran que le tenían preferencia y la desplazaran de sus juegos infantiles. Anne también aprendió lo que según los líderes debe aprender todo hombre: el amor a la patria, a la bandera y al escudo, ciertas leyes matemáticas, etiqueta, geografía, y la historia contada por los que sobrevivieron, pues no era permitido esculcar las tumbas para conocer la narración de aquellos que fueron exterminados para que su historia quedara sepultada, inalcanzable a la imaginación del hombre.

Yozak había nacido y había sido criado en el campo, al otro lado del mar. Ayudaba en las labores diarias del cuidado de ganado ajeno, y en la siembra de vegetales en una tierra agradecida, que le permitía a él y a su familia alimentarse sin recurrir a la ciudad que quedaba distante. Una u otra cosa, necesaria para el sustento, le era encargada cuando iba al poblado camino de la escuela. Yozak añoraba ser un día tan feliz y seguro de sí mismo, como parecían ser algunos de sus compañeros de clase, los hijos de las personas de más éxito social, aquellos que aprendieron meticulosamente a sonreír, adular, y aceptar como verdad lo que proviniera de la autoridad o de la boca del sacerdote. No sabía hasta ese momento y nunca lo supo, ni después de muerto, que la tristeza también se heredaba y era imposible desengranarla de los genes. Allí, en la escuela, aprendió del amor a la patria, al escudo y a la bandera, y una hermosa canción que incitaba a cantar ¡victoria! mientras los prisioneros perdedores enterraban a sus muertos bajo la vigilancia de los vencedores embriagados de felicidad. Cuando conoció sobre la patria, el escudo, el himno y la bandera, Yozak se sintió aliviado al pensar que, al menos, todos los hombres amaban unas mismas cosas, lo que en cierta forma los hacía iguales. Ignoraba que existían otras patrias amadas por los que nacieron dentro de sus fronteras, sólo le enseñaron sobre la suya.

Coincidencialmente, los tres terminaron la escuela superior en el mismo año y cuando tomaban decisiones sobre su futuro, el hijo de un ex-presidente, debido a las enseñanzas de su progenitor y a la megalomanía que había germinado en su personalidad, había llegado a la presidencia de la patria que Mckane y Anne debían amar hasta morir por ella. El nuevo presidente fue financiado por una compañía vendedora de artículos para la guerra, y su obligación era organizar conflagraciones destinadas a vender los sobrantes de las estanterías de sus financistas.

Para convencer a los ciudadanos de su país de la necesidad de la lucha, el presidente fue de rincón en rincón pregonando al que lo quisiera oír, y al que no también, que había una nación empeñada en fabricar una bomba atómica para destruir la nuestra, y que a como diera lugar, había que evitarlo. Los representantes de esa nación juraban por todos los dioses que su intención era generar electricidad, para llevarla a sitios como la granja donde los padres de Yozak laboraban en la penumbra de las noches.

Como jefe supremo de todas las fuerzas civiles y militares de su patria, el presidente ordenó a sus subalternos hacer publicar entrevistas en los periódicos, televisión y radio acerca de la única verdad: la otra nación quería una bomba atómica. Le faltó agregar: "Y eso no puede ser, nuestros derechos de autor aún están vigentes, fuimos los primeros y seremos los únicos, recuerden Hiroshima y Nagasaki." Pero como en la guerra contra Irak habían utilizado toda clase de mentiras para iniciar la invasión, el pueblo americano estaba escéptico y no creía en el presidente, que un día decía una cosa y al otro día lo contrario. Entonces, sin rubor en su rostro y sin temblor en su voz, el *lobbyist* organizó la maquiavélica distribución de una nueva farsa, que las bombas que estaban usando los patriotas en Irak para defenderse de los invasores, eran producidas en Irán. Poco importaba quién las producía y si lo hacían clandestinamente o si era cierto o no, lo importante era encontrar un motivo para invadir esa nación, pues sería un negocio contundente para la corporación que financió la campaña del vendedor de armas más eficaz que haya dado la especie de los hombres. Dicha corporación necesitaba salir del atolladero donde su ambición la había llevado: y la solución era pasar al país vecino, que poseía más petróleo y estaba geográficamente mejor colocado, pues tenía el mar a sus espaldas, hecho clave para transportar la sangre de la tierra a nuestro país.

Los reporteros pagados por el Pentágono y la presidencia, con grandes avisos clasificados en sus diarios, comenzaron la labor de justificar la invasión y con grandes titulares en primera página de los periódicos culpaban directamente a Irán de la muerte de los soldados en Irak. Con eso pretendían hacer olvidar a los americanos que la verdadera razón de la muerte de sus tropas era la falta de moral de su presidente que por pagar a los financistas de su campaña electoral, los contrató para reparar lo que él iba a destruir.

Convencer al cuerpo legislativo de la necesidad de la guerra fue más fácil. La rapiña por el presupuesto en la Cámara y el Senado hacen fácil presa a los legisladores de uno u otro bando, quienes viven ansiosos por tomar parte en la repartición de los billones que se desparraman al abrir las compuertas de la caja de caudales, con la mágica palabra que envidiarían Alí Babá y los cuarenta ladrones: Guerra.

La extorsión fue utilizada por el presidente, ante la necesidad de vender armas y hacer una demostración práctica y real de los productos que tenía para la venta. Más de la mitad del presupuesto de la Organización de las Naciones Unidas era irrigado por la poderosa nación, que hoy le solicitaba a sus miembros sanciones contra el país que se estaba internando en el campo de la tecnología atómica, sin la bendición de las naciones poseedoras de arsenales de esas bombas. Ellas deciden - con el poder que llaman "Veto", y sólo ellas poseen - quiénes pueden investigar en ese campo, ya sea para la salud o para la muerte.

Las sanciones estaban más que bien pagas y las cinco poderosas naciones decidieron en favor de ellas, lo que llevaría al empobrecimiento del país que buscaba energía para sus huertas. Además, como ya estaba probado en la guerra que aún se llevaba a cabo en un pueblo vecino, debilitaría a sus soldados y los haría fácil presa de las bien alimentadas tropas americanas.

Mckane, aislado de riesgos en el departamento del comando central, aprendía las tácticas y estrategias de la guerra, lo que algo conocía pues la sala de juegos en su casa estaba llena de simuladores electrónicos de toda clase. Había matado tantos "Yozak" en su video monitor que añoraba ver cadáveres reales, pero las órdenes de su padre a sus superiores eran intransigentes; lejos de cualquier peligro, millares tendrían que morir antes de que el enemigo pudiera abrir las puertas de su oficina, y seguramente lo encontrarían jugando Solitario en el computador, su pasatiempo favorito.

Poco importaba ya lo que dijera el presidente de la nación "en turno" para ser agredida. Después de firmar un contrato para la reconstrucción del país que habían decidido destruir, no había paso atrás. Podía aparecer el mismo Dios en los cielos y jurar que dicho estado quiere saber nada de tecnología atómica: el presidente ordenaría a sus subalternos regar la noticia de que "ese que parecía Dios, era el anticristo aliado con sus enemigos, y destruiría al mismo Dios, si fuera necesario", pero los suculentos manjares que degustan su círculo de amigos y los legisladores que firman en favor de la guerra no los quitaría nadie de sus mesas. Además, allí se fabricaban las bombas que estaban matando a sus soldados en Irak, según el decir de los mismos que habían pregonado a diestra y siniestra que Irak estaba llena de armas de destrucción masiva, lo que resultó tan falso como los anuncios del presidente de que él no quería guerra sino paz.

Anne, con el ánimo de seguir estudios superiores, se enroló en la armada y por esos avatares del destino fue designada a la misma compañía en que Mckane, bajo las más estrictas medidas de seguridad, hacía el curso para heredar la silla de su padre en la legislatura. Nada es tan estimulante para los votantes como saber que un aspirante a líder, había aprendido y practicado la lección de amar a la patria por encima de todas las cosas del mundo. También. Anne nunca pensó que el comandante en jefe del ejército tenía organizada una feria para mostrar la nueva tecnología bélica de la nación, y que tendría que participar en ella. Sus finos modales y belleza natural contrastaban con el fusil ametralladora, que debía cargar durante el entrenamiento previo a la masacre, pues una guerra con tanta diferencia de tecnología en armamentos, alimentación, y adiestramiento de soldados, más que guerra es masacre.

Las tropas del país de Mckane y Anne no sólo ponían en la batalla el corazón, que pertenecía a la patria, sino tambièn su cerebro. Bajo entrenadores adiestrados por sicólogos, siquiatras y científicos de la conducta "humana", mientras corren de un lado a otro, los entrenados deben gritar: "Al enemigo hay que matarlo, aniquilarlo, desaparecerlo. ¿Quién lo hará? ¡Yo lo haré!". Deben responder todos a coro y así durante horas y horas, hasta que vencida la resistencia física, las neuronas de los nuevos soldados quedan impregnadas del deseo de apretar el gatillo de sus ametralladoras, hasta que el silencio de los cadáveres a su alrededor les permita gritar estrepitosamente: "¡Hurra!".

Anne, que no estaba acostumbrada a esta exigencia física, se sentía desfallecer pero sacaba fuerzas de sus silencios forzados, y terminaba el día con sus compañeros de práctica exhausta, sin dejar asomar las lágrimas, que no encontrando salida por sus ojos, se desperdigaban en el interior de su cuerpo, el que poco a poco fue desprendiendo un aroma de sal y tristeza.

Anne veía pasar a Mckane resguardado por varias escoltas camino a su oficina, y deseaba ser como él, seguro de sí mismo y un jefe sin subalternos. Ella ignoraba que esa seguridad también está adherida a los genes y reforzada con los cheques del gobierno. Si Mckane por un momento se pusiera en la posición de Anne, pensaría: "Mi padre va a hacer un magnífico negocio con la venta de ataúdes en esta guerra."

Yozak, por su parte, ignorante de lo que sucedía en las entrañas del planeta, bajó al poblado para comprar fertilizantes y fue detenido por cuatro soldados, que vigilaban la entrada y salida de la pequeña ciudad. Le preguntaron la edad y al contestar "dieciocho", lo juntaron con otros labriegos que, recostados en la pared, miraban incrédulos a esos camiones que, más que para cargar hombres, parecían hechos para transportar vacas al matadero. Antes de subirlos a uno de los furgones, que sonaba como si fuera a desbaratarse en cualquier momento, un capitán, sin mucho preámbulo, les dijo: "La patria va a ser invadida por los americanos y todo el que tenga edad para defenderla, debe hacerlo. Desde hoy, ustedes no tienen más familia que su fusil y más objetivo que sacar de nuestro territorio a los invasores". Eso fue todo. Así pasó Yozak de labriego a soldado. En el camino al batallón, entre el fragor del motor y el pensamiento de los campesinos, había una pared de silencio.

Porque su presidente así lo exigía, Mckane, al otro lado del mar, se alistaba para venir a destruir el sueño de los agricultores de poseer luz, y podría comunicarse diariamente con sus padres vía videoconferencia. Anne tendría permiso para llamar por teléfono una vez a la semana y consolar a sus progenitores por su ausencia. Los padres de Yozak, en cambio, duraron un mes llenos de angustia sin saber del paradero de su hijo, pues nadie daba razón de él, hasta que un alma sin caridad pero con conocimiento les informó que quizá estaba en el ejército, por que la patria iba a ser agredida. Aunque no podrían comunicarse con él sino en sueños, regresaron a su finca más tranquilos, satisfechos de saber que su hijo estaba sirviéndole al país.

La invasión vino por donde menos se esperaba: del cielo comenzaron a caer ovalados objetos desde aviones sin tripulante, e inalcanzables para las balas de los fusiles de los miles de labriegos que conformaban el frente de la nación invadida; era la llamada - en términos militares – "fase de ablandamiento". Los objetivos consistían en batallones, acueductos, plantas eléctricas y vías de comunicación que los invasores no necesitarían usar, pero no faltaron algunos de esos objetos que parecían tener alma propia y se dirigieron adonde había grupos de personas mirando las explosiones y el navegar de ladrillos y cemento por los aires, acompañados de pedazos de cuerpos que ya no servían ni para cadáveres.

Los soldados no sabían qué hacer, miraban hacia el cielo para ver a sus enemigos y no encontraban ante sus ojos, más que un límpido azul atravesado de vez en cuando por una blanca e inocente nube. Sólo el olor a pólvora, el ruido de las explosiones, los cráteres dejados por las bombas, y la incredulidad preñada de angustia, acompañaban los ojos vidriosos y llorosos de los sobrevivientes. Entre ellos, Yozak y sus impotentes hermanos de armas, quienes comenzaron a recoger partes de cuerpos descarriadas aquí y allá, juntándolas en una sola pila e incinerándolas bajo la orden del capitán, para que las infecciones no se apoderaran del aire y cruzaran a los sitios que todavía no habían sido bombardeados.

"¡Ni una sola baja!" – gritó emocionado Mckane a su padre a través del videoemail, "todos los objetivos de hoy fueron cumplidos ciento por ciento". "Lo que es más importante", replicó el padre a Mckane, que ya había sido trasladado a sus nuevas oficinas en un portaviones, "recibimos una orden de compra de cuarenta de los aviones que exhibimos hoy ¡congratulaciones hijo!".

Mckane se sintió omnipotente; su padre siempre lo trataba como si él fuera la causa de todos los éxitos de la nación y ya comenzaba a creerlo. En esos momentos, Anne pasaba en frente de su oficina y Mckane le gritó: "Hey! soldado, un café por favor". Anne hizo el saludo militar y fue por el café. Ella estaba destinada a la infantería, que no entraría a invadir hasta después de la fase de ablandamiento; por ello, estaba en el portaviones esperando el no anhelado momento. La guerra no le llamaba la atención y a pesar del riguroso entrenamiento, no sabía si sería capaz de matar. Sus superiores parecían conocer esa duda y la pusieron al servicio de Mckane y sus necesidades.

Los medios de comunicación americanos hablaban de la destrucción parcial de las instalaciones, donde el gobierno iraní tenía su centro de investigaciones de tecnología atómica "para dar a luz bombas", según los americanos, y la comunidad internacional, que repetía como un eco las consignas de los estadounidenses. Ellos tenían más dinero que todos los países juntos, sus máquinas de imprimir billetes no paraban de vomitar por sus bocas, los verdes papeles que tenían en la tierra más poder que Dios en los cielos.

Con ellos se compraban cuerpos y almas, el tiempo de los vivos y los muertos, y como si eso fuera poco, acomodaban al Diablo en el lugar que quisieran. Así, los invadidos eran siempre la cola de Lucifer, al decir de los americanos, que trabajaban tan duro que no tenían tiempo para filtrar la información que recibían, y terminaban con los cerebros más lavados que sus propios soldados después de tecnificados entrenamientos.

Cuando Anne le entregó el café a Mckane, éste observó su belleza, a pesar del uniforme, y con una sonrisa insinuante, le dijo: "Tú no irás al frente, serás mi secretaria. No podemos exponer tanta belleza a las balas enemigas". Anne sonrió y en su interior, se alegró de evitar el frente. En las películas que vio como parte del adiestramiento había escenas espeluznantes, que no quisiera imaginar se pudieran reproducir en la realidad: intestinos brotando de horribles huecos en el vientre de cuerpos, que parecían haber pertenecido un día a la especie de los hombres y ahora parecían más del reino de la carroña. Cabezas sin cuerpos, con los ojos abiertos mirando aterrorizados, como si aún los estuvieran matando; brazos, pies, manos tiradas por doquier, en charcos de sangre que más parecía negra que roja, en fin, escenas que de sólo recordar le producían vértigo. La que más le impactó fue la de un ojo, fuera de su cuenca, que la miraba fijamente y aunque ella se tapó la cara y agachó la cabeza, el ojo siguió dentro de su cerebro, mirándola imperturbable.

Yozak había recogido tantos cuerpos descoyuntados y había olfateado tanto dolor en los organismos de los que aún quedaban vivos que, sin conocer al enemigo, comenzó a odiarlo. ¿Por qué no pelean cara a cara? se preguntaba ingenuamente. No sabía siquiera cuál era la razón del ataque a su patria y aunque sentía la tristeza de haber dejado a sus padres en la soledad de la finca, se conformaba pensado que estaba luchando por una causa noble, si se podía llamar luchar a incinerar muertos.

Yozak no tenía idea de que, al otro lado del mar, sus enemigos lo bautizaban con el nombre de terrorista y que cantaban victoria cada vez que uno de esos artefactos segaba la vida de sus compañeros de armas. La falta de electricidad y de agua causaba tantos estragos como las bombas mismas. Las infecciones comenzaban a cobrar víctimas entre los más débiles: la niñez y los ancianos. Los hospitales no daban abasto con los heridos y aunque el gobierno anunciaba por los medios de comunicación que si el enemigo daba la cara lo vencería, las bombas seguían cayendo sin descanso, haciendo imposible contar los muertos y menos los vivos, quienes no sólo querían huir de los sitios bombardeados sino de su propio cuerpo. Pues si las bombas no lo habían afectado, su personalidad había volado por los aires empujada por las ondas explosivas, que arrastraban consigo las partes etéreas de los cuerpos físicos que no alcanzaban a destruir.

En un acto militar de revancha, un misil iraní golpeó de lleno a uno de los portaaviones que, en el Golfo Pérsico, esperaban las órdenes para desembarcar las tropas que llevaban en sus vientres. Los *Marines* muertos pasaban de mil, y mientras el imponente monstruo de acero lentamente se hundía en las aguas que lo sepultarían por siempre, los americanos comenzaron a despertar de su letargo hipnótico y a cuestionar los motivos de la guerra. Mientras no hubiera bajas en sus líneas, todo era risas, algarabía y justificación. Pero cuando los hijos de esa hermosa parte de la tierra comenzaron a perecer, uno a uno, los hipnotizados padres comenzaron a despertar y pedir explicaciones. Los medios de comunicación, que habían ayudado a hipnotizarlos, comenzaron a pedir explicaciones también, completando el círculo donde los actos y los conceptos de los hombres giran y se repiten pareciendo diferentes.

Afortunadamente para Anne y Mckane, el portaaviones sumergido no era en el que ellos estaban. Vivieron horribles escenas de dolor recuperando los cuerpos de las víctimas que, por evitar las llamas, se lanzaban al agua sin salvavidas, ellos permanecían a salvo socorriendo náufragos y mirando los primeros efectos de una guerra. Hasta entonces sólo habían visto aviones sin tripulantes despegar llevando sus cargas letales, y aterrizar ansiosos por reabastecimiento.

Una afrenta como aquella no podía pasar inadvertida para el presidente que había ordenado la ofensiva. En un mensaje radiotelevisado a toda la nación, juró venganza y predijo que el enemigo sería sometido a ruinas, y que desbarataría las piedras en aquella nación donde los terroristas, como Yozak, tenían su cielo. Añadió que estaba analizando, con el estado mayor, el posible uso de una bomba atómica para desintegrar, de una vez y por siempre, la cola del demonio donde los guerrilleros se guarecían. Pero la respuesta internacional a este anuncio no demoró en oírse. China y Rusia amenazaron con tomar parte activa en la trifulca, socorriendo a la nación agredida si una bomba atómica era utilizada; y amenazaron con destruir los satélites estadounidenses, que eran la columna vertebral del ejército y la tecnología americana.

Ante estos inesperados aliados del enemigo, el presidente de la nación agresora, que nunca había imaginado la posibilidad de que una simple masacre de millones de iraníes se pudiera convertir en causa de un conflicto mundial, echó pie atrás en sus amenazas de utilizar la bomba atómica, a pesar de la insistencia de los representantes de la compañía que las fabricaba. Estos argüían que China y Rusia estaban simplemente haciendo demagogia, para ganar a su favor los afectos de los opositores a los asesinatos en masa, pero que al final, no tendrían el valor de meterse en una guerra que no era la suya.

El presidente sabía que sus conciudadanos no habían sido todavía hipnotizados al grado de aceptar racionalmente un asesinato indiscriminado, y que por más rápido y agresivo que se pusiera en actividad, el "lava cerebros" no funcionaría, porque no existía el factor sorpresa que dejaba indefenso al hombre de una programación hipnótica, como la practicada por Hitler y el mismo Presidente, antes de las matanzas en Irak. En todo caso, por las dudas, ordenó a sus representantes de prensa y subalternos iniciar el funcionamiento de la maquinaria somnífera, y contratar a una de sus compañías favoritas para estudiar cómo el hipnotismo podría funcionar sin contar con el factor sorpresa, pues era un obstáculo para cumplir con sus deseos cuando se le viniera en gana, y no cuando "la comunidad" estuviera preparada.

De todos modos, el presidente no quería por ningún motivo iniciar una invasión de infantería, pues tenía la experiencia de Irak; conocía lo fácil que era entrar pero lo difícil que era salir. Además, la superioridad de armamento disminuía como ventaja apreciable en una lucha cuerpo a cuerpo, pues los invadidos se convertían en armas, rellenándose de explosivos y volando en átomos al lado de los invasores.

Ya el presidente tenía lo que quería. A pesar de que la mayoría de los legisladores eran del partido contrario, cuando se trata de repartir el presupuesto y anular la fiscalización, se unen en una sola voz y un solo voto, y aunque el hombre común había votado contra la guerra, ya electos, los congresistas se sentían libres para interpretar el voto de sus electores como mejor les convenía. Los parlamentarios le habían abierto otra vez al presidente la caja de caudales, sin vigilancia de ninguna especie.

Fuera de los mil y tantos *Marines* muertos en el

portaviones y que, excepto por sus familias, pronto serían olvidados, no había más víctimas y los daños físicos y estructurales a la nación escogida por la riqueza de su subsuelo, eran descomunales. El odio nacido en el corazón de Yozak y millones de iraníes no era digno de tenerse en cuenta, porque el odio sólo mata al que lo practica y lo hace poco a poco, desmoronando sin piedad los huesos de quien llena, o le llenan, como en este caso, el cuerpo de ese sentimiento de repulsión.

Así pues, el presidente ordenó un incremento gigantesco en los bombardeos y los objetivos: puentes, autopistas, acueductos y plantas eléctricas de pequeñas ciudades. Además, grupos de cinco o más personas detectados por los satélites, fueron incluidos también como objetivos militares, por lo que millares de familias numerosas perecieron retornando al útero del infinito en un abrazo filial, que fue desbaratado en los últimos segundos por la ignición del gran descubrimiento de los hombres, el elemento que permite disolver los átomos, expandiéndolos con tal fuerza que atraviesan las paredes que cierran otros mundos a nuestros ojos.

Anne, al ver los cuerpos inmóviles de sus compañeros alineados sobre el helado acero del portaviones, esperando por su nuevo cuerpo de madera, donde vivirían la muerte hasta que el tiempo estrujara sus moléculas y recuerdos convirtiéndolos en cenizas, incrédula, le parecía estar viviendo una pesadilla tan real que, para convencerse de que sólo era un mal sueño, fue de cadáver en cadáver hasta que el rostro inexpugnable de la parca, la despertó del sueño que soñaba. La muerte le anunció la fatídica realidad en las rígidas y frías muecas de angustia asomadas en las ventanas de los vidriosos ojos que no miraban a ninguna parte. Alguien puso una mano sobre sus hombros y encontró los ojos de Mckane, ayudándola a soportar el peso de la angustia. Ante la vista de tantos cuerpos rígidos agarrotados por la muerte, contrastando con el viento que movía sin cesar las aguas del turbulento océano, Anne recostó en él su cabeza y lloró desconsoladamente, como no recordaba haberlo hecho en los veintidós años que hoy le parecían milenios.

Mckane la apartó de allí y la llevó a su oficina, trato de confortarla al decirle que por cada uno de los muertos en su tropa, morirían mil terroristas; él lo podía jurar. "Yo no quiero más muertes", dijo ella débilmente. "¿Por qué es tan necesaria la guerra?", se atrevió a preguntar cautelosa. "Es tan natural como la vida", le contestó Mckane, pensando cada palabra antes de pronunciarla, como buen aprendiz de político. "A través de ella se llega siempre a la verdad", agregó.

Anne no contestó, no tenía fuerzas. Ya no era la alegre muchacha anhelante de un porvenir privilegiado. La hórrida realidad la había despertado del estado hipnótico a que había sido sometida desde la niñez. Pero como les pasaba a todos, despertaban en la mitad de un campo de batalla, donde la única posibilidad abierta era matar o morir. En esos momentos, cualquiera de las dos alternativas le daba lo mismo.

Al otro lado, donde las aguas del mar acariciaban

la tierra y donde la patria de Yozak comenzaba, éste, endurecido por la cotidianidad de su oficio, recolector de pedazos de cadáveres pues todavía no había visto al primer enemigo, anhelaba volar y estrujar en sus manos, hasta convertir en polvo, a los pájaros de metal que dejaban caer esos ovalados objetos, repletos de dolor y de tristeza, sentimientos que desparramaban por tierra, mar y aire cuando explotaban. No podía imaginarse a sus enemigos, sólo sabía el nombre: "americanos", no sabía si eran hombres o venían de otros planetas. Él sólo conocía lo poco que había aprendido en la escuela, que como en todas las escuelas de la tierra, enseñaban a "ignorar", pues todos los hombres nacían con el deseo de saber y los líderes habían decidido que mejor era enseñarles a ignorar, para hacer menos conflictiva la notoria distinción entre amo y esclavo, palabras que se habían transformado y aunque no se pronuncian igual, significan lo mismo: ahora no se dice amo y esclavo, se dice elector y elegido. Pues cuando el elegido se adueña de las llaves donde se guarda ese elemento inventado por el hombre para repartir la tierra en partes desiguales, -el dinero-, el elegido adquiere fuerzas ultra terrenales para someter voluntades y tornar irracional a la criatura más racional que ha creado la armoniosa cópula de Todo y Nada.

Yozak ignoraba que todos los norteamericanos no eran sus enemigos. Sólo unos pocos líderes, que manejaban a su acomodo los medios de comunicación en América, eran responsables de la hipnotización masiva de los americanos para hacerlos aceptar lo que sus gobernantes quisieran decir. Lo mismo pasaba en la patria de Yozak, unos pocos líderes catalogaban como enemigos a todos los estadounidenses y hechizaban a las masas a su acomodo. Los medios de comunicación se encargaban de eso con exactitud matemática.

La guerra tomó perfiles incalculables, que llenaban de alegría a los fabricantes de artefactos bélicos y sus vendedores. Israel, azuzada por los dirigentes americanos, entró a participar junto con los británicos, cuyos líderes no necesitaban que nadie los incitara. La guerra es el hobby favorito de los cabecillas británicos, desde los inicios ya olvidados de esa nación, y son socios perennes de los líderes estadounidenses en el arte de crucificar con balas y bombas, los anónimos sueños de los hombres de dejar crecer dentro de sus cuerpos la sangre del espíritu: la razón.

Irán lanzó misiles sobre Telaviv, causando innumerables destrozos y víctimas. Otro portaviones americano fue alcanzado por un poderoso misil iraní, y el presidente norteamericano vio la oportunidad de descargar de los inventarios de sus empresas financistas un par de bombas atómicas, que aniquilaron más de un millón de mortales. Ya el dilema no era si la guerra era justa o injusta. El dilema era triunfar o perder, al decir de los medios de comunicación, dilema que diariamente inoculaban en los cerebros de los ciudadanos de cada patria envuelta en la descomunal rapiña de vidas ajenas, iniciada en la casa presidencial.

China y Rusia cumplieron su palabra y comenzaron a destruir los satélites americanos, que merodeaban alrededor de la tierra nutriendo de información a los encargados de apretar los botones que iniciaban el lento, pero seguro movimiento de estrellar una bomba atómica en donde se les diera la gana. No había rincón oculto para el poderoso arsenal, almacenado durante décadas, en espera de ver llegar a la presidencia de América un vendedor con las características del actual presidente.

Los americanos empezaron a despertar de esa realidad eterna, de que las guerras sólo afectaban a una mínima parte de sus soldados, cuando los satélites explotaron en la estratosfera y la comunicación retornó a los niveles de antaño, a los días en que sólo la radio de onda corta y la televisión limitada existían. Y cuando el *lobbyist*, en un ataque de audacia como los que le han acompañado desde el día de su nacimiento, ordenó el bombardeo de la capital de China, si previó, no le importaron las consecuencias, característica que ha estado adherida a sus instintos desde feto.

La mitad de Nueva York fue destruída por una bomba de hidrógeno que, por poco, saca a la tierra de su órbita, y las víctimas de ésta que posiblemente sería la última guerra mundial, sobrepasaban el billón de personas. En su bunker, el presidente, vicepresidente, legisladores y todo el círculo de sus afectos, recibieron la esperada noticia de que los arsenales bélicos estaban casi agotados, y que era tiempo de iniciar gestiones de paz, para recomenzar a llenar las estanterías de los financistas de las campañas presidenciales.

Los líderes de las naciones envueltas en la trifulca, llegaron a un tratado para descontinuar la guerra, acuerdo que garantizaba gran bonanza económica para los sobrevivientes, pues la reconstrucción del planeta Tierra tardaría centurias, y la mano de obra no era tan competida por la cantidad de hombres abortados de la vida, en su estado adulto.

Los líderes de las naciones que disfrutaron de los fuegos artificiales, cantaron victoria en sus idiomas y creyeron con esa candidez que los caracteriza, que cuando los ciudadanos del común salieron a las calles festejando el fin de la guerra, estaban aplaudiéndolos.

Celebrando la victoria y rebosantes de orgullo, comenzaron los contactos para asegurar su liderazgo vitalicio. No tenían idea de que a la vista de tanto cadáver y tanta sangre corriendo por las arruinadas calles de las ciudades, se había catapultado desde las entrañas de los huesos hasta el cerebro, el gene del espíritu, y nadie podría evitar que los americanos iniciaran la revolución. Los líderes pronto tendrían que afrontar la realidad de que su paraíso, que era el infierno de los otros, había sido destruído.

Mckane retornó a la capital y entre agasajo y agasajo para congratularlo por la victoria, olvidó que en las entrañas de Anne, condicionado genéticamente a la melancolía y el miedo a ejercer la curiosidad, crecía el fruto de sus pasajeras diversiones, y se entregó de lleno a reclutar votos para ser electo en el senado como reemplazo de su padre.

Anne regresó a la casa materna, y la depresión y

tristeza que embargaba a millones de seres testigos de tantas calamidades residían untadas en su piel, y en cada molécula de su ser y la del hijo que crecía en su vientre, desconocedor de que su porvenir estaba marcado por la fórmula matemática: Pasado + Presente = Futuro.

De Yozak podemos decir que la última imagen que vio su cerebro, antes de desbaratarse en cien mil pedazos inundando el aire a su alrededor, fue un objeto ovalado que caía de los cielos, como si hubiera sido dirigido contra él. Murió ignorante, sin conocer al enemigo.

EL PURGATORIO

Todo era ruina y desolación en la mayor parte del planeta, con sitios donde la radiación todavía seguía matando gente. Olores nauseabundos, tristeza, dolor y angustia inimaginable se filtraban por cada poro de los sobrevivientes. Había personas que se recostaban, dispuestas a dejarse morir, sin fuerzas para quitarse la vida por su cuenta; los suicidios se contaban por millares, desquiciados mentales deambulaban de aquí para allá, gimiendo, gritando, o callando su locura.

Los líderes en sus búnkeres, daban órdenes a través de emisoras de corto alcance y luchaban desesperados por reconstruir la fe de sus esclavos. Pero estos fueron despertando uno a uno, y los primeros sitios de reunión fueron las iglesias, donde debatieron los pasos a seguir, con una consigna en la mente y en el corazón: anular a los líderes, destruir las patrias y los estados, no con bombas sino con leyes; aniquilar a los gobernantes, no físicamente pero sí su poder y su perfidia; acabar con todo lo que les trajera la posibilidad de reconstruir el pasado.

América se convirtió poco a poco en la cabeza de una revolución gradual, racional, salida del profundo dolor de los subyugados a través de la hipnosis colectiva que sufrieron durante milenios. Los cuerpos policiales y los efectivos del ejército se aliaron con el común de las masas, y aunque no faltaron los mercenarios que habían disfrutado de la bonanza del confort y amenazaban con organizar una guerra civil, pronto fueron acallados por la multitud que estaba dispuesta a todo, con tal de no dejar que retornara lo que los pasados líderes llamaban "democracia".

Comenzaron a discutir las formas más eficaces y menos traumáticas para hacerlo y decidieron copiar el sistema de votación, no para elegir líderes o gobernantes que reptaban en medio del común de la gente, esperando dar el zarpazo y comenzar su labor de hipnotizadores. Votaron para dictar leyes y normas; propusieron la ley del veto que consistía en que la gente común, reunida en escuelas e iglesias podía, por medio del voto, vetar leyes de los que aún se creían con derecho a gobernar. Al mismo tiempo que hacían en el día las labores de limpieza y reconstrucción, en las noches, los sobrevivientes se reunían a tomar iniciativas.

Crearon grupos de estudio acerca de la conducta, y comités para manejar los periódicos y las emisoras en los sitios que sobrevivían. Hicieron jurar por las cenizas de los millones de cadáveres, que quien escribía las noticias, había investigado hasta la saciedad lo que decía y había confirmado la verdad. No querían el periodismo de antes de la guerra, que se limitaba a informar y retransmitir las palabras falaces de los líderes, adormeciendo y creando el caos en los cerebros de los hombres con informaciones contradictorias.

Hicieron un llamado para que los mudos hablaran, los sordos oyeran y los ciegos vieran, porque la consigna era bajar la verdad de los cielos, acomodada allí por la conveniencia de líderes y sacerdotes. Querían poner la verdad a reinar en la tierra, donde la mentira, el engaño y la traición endulzados con lenguaje cautivante habían reinado hasta entonces.

Los hombres, las mujeres y los niños, que también tomaban parte en las discusiones de los adultos, decidieron fijar un día de votación con el tiempo suficiente para informar a la gran mayoría de lo que se iba a decidir, y cuáles serían las posibles consecuencias de las decisiones.

El voto fue declarado obligatorio, y todos los seres vivientes dentro de las fronteras todavía existentes de los Estados Unidos, debían registrarse para sufragar. A cambio recibían una tarjeta, con la que podían adquirir los artículos necesarios para subsistir, pues por el hecho de haber nacido tenían derecho a vivir. La tarjeta iba ligada con la lectura del DNA, a través del iris de los ojos, de forma que sólo el identificado podía votar y obtener los productos en almacenamientos comunales.

Sólo había tres preguntas en la tarjeta de votación y la respuesta debería ser un simple sí o no.

1. - ¿Está de acuerdo en que se disuelva la nación llamada Estados Unidos de América?

2.- ¿Está de acuerdo en que se disuelvan todos los partidos políticos en los Estados Unidos de América?

3.- ¿Está de acuerdo en que se haga un contrato entre cada individuo y la unión de todos los individuos vivientes en el planeta Tierra, llamados "sociedad", y se fije una fecha límite para definir los términos de este contrato, que será sometido a votación y cada individuo podrá firmarlo y comprometerse a él, o desistir de ser un ser social y aislarse?

No faltaron los que llevaban en sus genes el instinto de líder, tratando de convencer a los votantes que el tiempo pasado era mejor que la posible anarquía venidera. Pero fueron fútiles sus intentos, porque no contaban con el dinero como amuleto para hipnotizar, puesto que las necesidades mínimas estaban cubiertas para los individuos y los billetes habían dejado de circular. Estaban escondidos en los búnkeres de los ex-líderes, esperando que algún día resucitara el poder de ese dios que había reinado en la tierra al lado de la mentira.

En los grupos de estudio se llegó a la conclusión de que si bien el hombre llevaba dentro de sí la fuerza de los contrarios, amor y odio, alegría y tristeza, lealtad y traición, estas dos fuerzas podían coexistir con un tercer elemento que mediara. El átomo nos daba su ejemplo, y ese tercer elemento debería ser "la razón". Las matemáticas, así como habían ayudado al desarrollo acelerado del mundo exterior, deberían ayudar al desarrollo acelerado del mundo interior del hombre. Bastaba definir los términos de lo que los engatuzadores llamaban abstracciones indefinibles, de la misma forma como se definieron los números.

Así, a la verdad se puede llegar por la fórmula matemática de la suma de indicios verdaderos, menos la suma de indicios falsos, resultando igual a verdad o mentira. Si el resultado es positivo, verdad; si es negativo, mentira. Cuando el hombre está de por medio, hay que agregarle los instintos y restarle la razón, pues aún las tendencias imperan sobre la mente. De haberse analizado esta fórmula miles de años atrás, no se hubiera permitido a los líderes la hipnotización masiva. Pero esta fórmula estaba en los cielos y el único que la podía poseer era Dios, según el decir de los primeros hipnotizadores de oficio, los hechiceros y líderes de la jauría de hombres hambrientos de sobrevivir a toda costa.

El día de la votación mostró que la gente estaba cansada de tantos muertos por el amor a la patria, tanta mentira para defender unos ideales políticos con la única finalidad de repartir el presupuesto. Y lo más importante, que los hipnotizadores no tenían en su poder el amuleto para adormecer a la mayoría, que estaba despierta y en poder de ese talismán. Los que se estaban adormeciendo eran los ex-líderes, quienes ahora hacían lo que sabían hacer: sonreír y saludar, aunque sus sonrisas siempre han sido mordiscos reprimidos.

Un sí abrumador fue el resultado de la votación y los americanos se sintieron felices y liberados, salieron a la calle a quemar las banderas manchadas de sangre y a reconocer en sus vecinos a sus compañeros de especie. Entonces, en las escuelas e iglesias, donde ya no se imploraba perdón por los pecados de la semana para poder seguir pecando con tranquilidad la semana siguiente, sino en busca de la verdad y la sabiduría, comenzaron reuniones diarias donde hasta los niños tomaban la palabra.

La búsqueda de la razón siguió su curso inexorable en la creación del verdadero ser humano, el ser racional, el hombre que conocía las causas del por qué actuaba, y podía dilucidar por qué los demás actuaban. Antes eso estaba permitido a unos pocos, que gracias a una disociación genética en sus cerebros no podían ser hipnotizados, y estaban libres de transmitir verdades y fórmulas para llegar a la razón, por lo que muchos de ellos fueron crucificados, quemados vivos, o encerrados en cárceles y torturados hasta exprimirles la última palabra de sus mentes.

La Geometría del Absurdo es una ciencia que fue iniciada por algunas de esas mentes, y cuyo teorema de iniciación fue demostrar la realidad por la vía de suponer lo inadmisible como real. Algunas de sus fórmulas y símbolos fueron publicados antes de la guerra, prediciendo la hecatombe y otros hechos que efectivamente sucedieron. Contribuyeron a la conciencia clara de que la realidad podía ser predicha, y lo más importante, preconstruída con base en la fórmula: Pasado + Presente = Futuro. Esa ciencia ayudó a los sobrevivientes del genocidio iniciado en los escritorios de una corporación y efectuado por mercenarios del fusil y del lenguaje.

No todo lo del pasado podía ser despreciado, pues había partes creadas por el sentido sociable de supervivencia, y no por el instinto de destrucción, encarnado en los genes de los líderes, quienes satisfecho su apetito con los innatos dones de cazadores esplendorosos, dejaban morir el instinto de conservación, y en su ataúd surgía el de muerte, pues el confort y la satisfacción generaban la quietud. Placidez que culminaba asesinando ese preciado instinto de supervivencia.

Afortunadamente, el hombre común vivía hambriento y en continuo movimiento, lo que le permitió tomar las riendas y liberarse de los líderes, asesinos inconscientes pero efectivos, no sólo de cuerpos y sueños, sino de espíritus.

Los americanos, que a la vista de tanto cadáver y sangre habían despertado del hipnotismo colectivo, al que venían siendo sometidos desde los inicios del lenguaje que los fue encadenando en grupos, trataron por todas las formas posibles de forzar el nacimiento del espíritu en el cerebro de los hombres.

Los cerebros, liberados de la información conque habían sido llenados por el estado y las iglesias, tenían el sitio libre para que la sombra del fluido eléctrico generado en su cuerpo, retornara a su sitio de origen, creando allí el aura de vacío perfecto que podía absorber y computar la realidad. Aura que había sido encarcelada en los poros de los huesos de cada individuo por las razones y leyes dictadas desde el exterior.

En esta aura, la razón tiene su morada, y la experiencia vivida había comprobado que aunque los órganos de los sentidos de los hombres computan en círculo, lo que lleva a la falsa afirmación de que el individuo es el centro del universo y fue el justificante de tantos milenios de injusta esclavitud y asesinatos masivos, la razón puede corregir esta falacia, al aceptar que la ética debe ser universal y el universo debe ser el centro del individuo.

Los americanos decidieron adoptar medidas para generar el aprendizaje del acto de razonar con premisas universales, y crearon estímulos para aprender esta ciencia que moderaba los instintos en la persona y daría nacimiento a una sociedad justa, sin crimen, y sin la multitud de enfermedades originadas cuando el aura del vacío perfecto fue encarcelada en los poros de los huesos, permitiendo allí el crecimiento de virus y bacterias que demolían el cuerpo del hombre. Esto Justificaba las profecías de algunos visionarios, quienes esquivaron sus organismos del hipnotismo colectivo, y alimentaron esa aura en su cerebro, prediciendo el futuro y augurando que después de la universalización del ser humano, o sea el nacimiento y desarrollo del hombre con ética, vendría la inmortalidad que duraría hasta que Todo y Nada resucitaran y copularan nuevamente.

Una de las medidas de estímulo fue la libre competencia, copiada del modelo de desarrollo del mundo exterior en el pasado. Los puntos obtenidos en la tarjeta de identificación del individuo, por el trabajo que desarrollaba en cualquier campo eran igual para todos, computados en trabajo/hora.

Este trabajo fue efectuado para el desarrollo del mundo exterior, basado en suplir las necesidades básicas de todos los seres: lugar de habitación, alimento, salud, conocimiento y medios de transportación. La libre competencia y el estímulo venían en los puntos generados por la presentación de exámenes mensuales donde se medía el grado de desarrollo racional del sujeto y sus aportes a la sociedad. Eso incluía la creación de nuevas fórmulas que permitían la expansión, a proporción geométrica, de la razón en el planeta Tierra, y la disolución de aquellos estados donde todavía los líderes imperaban, de tal forma que viniera el tiempo en que las fronteras del individuo fueran delimitadas por el universo y no por los hombres.

La clase de trabajo de cada persona era escogida libremente por ella, pero la construcción de viviendas familiares, vías de transporte, la producción de alimentos, y el desarrollo del confort individual para la totalidad de los hombres, era la meta principal, impuesta por los mismos individuos en las reuniones que reemplazaron las horas de oración por las horas de acción.

Las pruebas que cada uno presentaba mensualmente eran evaluadas por computadores, diseñados por aquellos que tenían instrucción científica, que ante el final de las fábricas de productos para calcinar almas, dedicaron su tiempo a la propagación de la razón, e incluyeron en las evaluaciones la parte práctica, que permitió el crecimiento acelerado de los proyectos de vivienda y desarrollo social.

Se construyeron ciudades cárceles para aquellos que delinquían cometiendo crímenes contra otro ser o en contra de los bienes sociales. Estos precintos no tenían muros, se trataba de edificios aislados de las metrópolis donde residían los honestos. La tarjeta de identificación era su cadena, pues funcionaba únicamente en los sitios abastecedores de las necesidades primarias dentro de esas cárceles. Sólo poseían medios de transportación para movilizarse dentro de ellas sicólogos o trabajadores sociales, que decidían laborar allí para acrecentar el confort durante su vida.

Algunos de los delincuentes se rehabilitaban y ganaban puntos extras, que les permitían retornar al libre movimiento dentro del planeta. Esta tarjeta comenzó a ser recibida en los diferentes países que aún existían, los que poco a poco iban copiando el modelo americano; más ahora que América no exporta muerte a través de sus armas y soldados, sino razones y fórmulas para acelerar el crecimiento económico y social en todas las esquinas del globo terráqueo.

Aún quedaba por definir los términos del contrato entre el individuo y la sociedad, pero estaba siendo estudiado y proyectado en todos los hogares con la participación de adultos y niños, legos y científicos, de tal forma que no tuviera una molécula de error. Despacio, se iban estableciendo fórmulas y verdades universales en la nueva ciencia, con el nacimiento del humano y la muerte del hombre, ente sin ética, convencido de que era el centro del universo.

A pesar de que las cicatrices emocionales de los antepasados vienen codificadas en los genes de los herederos, paulatinamente pero con seguridad, se iban desvaneciendo esas marcas que traían los hombres al nacer, como melancolía, tristeza, depresión, miedo, heridas hijas de la injusticia, la esclavitud y la angustia de vivir en un entorno de enemigos. La razón, en la mente del hombre común, permitió el desarrollo de técnicas para destruir esas taras, recuerdo del liderato de las bestias disfrazadas de mortales.

Habiendo dejado las grandes corporaciones de gobernar en América, el cuidado del medio ambiente, la reforestación y la renovada nutrición de la tierra recuperaron su base fundamental en la creación de cualquier clase de producto. Y el desecho de artículos suntuarios, que vistieran la vanidad, vino como consecuencia de la ansiedad por vestir el espíritu con el mejor y más vistoso ropaje, cosido con palabras.

La competencia por el saber, estimulada por la libertad de movimiento y la compra de tiempo a través de los puntos extras, permitió extraer del universo leyes fundamentales para la subsistencia pacífica de la nueva especie en el viejo cuerpo. La tecnología del confort, que antes estaba limitada a los líderes y sus aduladores, se extendió a todos los niveles y lentamente se veía en el planeta la faz del reinado de la verdad y la justicia, aunque Dios y el Diablo nunca dieron la cara.

Los ex-líderes, que estaban cargados de cadáveres a sus espaldas, culpables del más caudaloso derrame de sangre escrito en las páginas del tiempo en el cosmos, residían en una de esas ciudades cárceles sin derecho a rehabilitación. Allí eran obligados a cargar con el recuerdo de su infame liderazgo, donde manipularon la información a su acomodo y causaron indescriptible dolor, en aras de subir el precio de las acciones que poseían en las corporaciones que les financiaron sus campañas a la presidencia y vicepresidencia de la nación americana. Ellos no cesaban de afirmar en sus diarias tertulias que habían generado el cambio en la humanidad, y que el resultado, justificaba el sacrificio de aparecer como asesinos. Agregaban que sólo ellos comprendían que las decisiones que tomaron eran ineludibles para llegar al estado de libertad y ansia de conocimiento que ahora existía. El hombre común estaba aprendiendo el amor a la verdad y el odio la mentira, sin caer en la tentación de odiar a los mentirosos, pues tenían claro que sus sentimientos debían estar ligados a los conceptos y las palabras, no a las personas ni a las cosas, como única fórmula valedera de conocimiento absoluto.

Sin embargo, por la ironía de los contrarios, esa ley física y síquica que ahora los adultos entienden desde niños, este vacío de sentimientos hacia las personas y los objetos generaba la fuerza de atracción y la reproducción del calor y seguridad que se sentía en el útero materno. Desde que el aura del vacío perfecto retornó a su posición original en el cerebro del hombre, despacio, se iban reproduciendo en la atmósfera y en las entrañas de la tierra, las condiciones que reinan en los vientres de las madres.

Bastaba mantener, dentro de los límites de las cárceles sin muros y sin guardianes, a los que genéticamente estaban incapacitados de razonar y sólo sabían opinar, infección que desparramaron en toda la raza de los hombres. Había que mantenerlos allí, hasta que la indigestión del recuerdo de tanto cadáver fabricado bajo las opiniones nacidas de sus vientres, los matara.

Desde las universidades y escuelas se programó la producción y el intercambio de artículos de consumo con las regiones liberadas de sus hambrientos dirigentes. Esas regiones casi abarcaban la totalidad del planeta, en un proceso de cambio tan rápido y fructuoso como hubieran podido hacerlo los ex-líderes, si hubieran razonado y no hubieran escondido sus monstruosos instintos de bestias insaciables tras un lenguaje florido, aprendido en el confort de sus casas paternas, y utilizado en sus arengas para hipnotizar y convertir en asesinos a inocentes criaturas, cautivadas por las palabras que tenían vida propia y navegaban libremente en la atmósfera, haciendo actuar a los hombres. Hasta que estos descubrieron que las palabras, al igual que el silencio, también vivían, y aceptaron regularlas y matematizarlas para que no hicieran daño, y por el contrario, circularan en el medio ambiente reproduciendo las características de los úteros maternos.

A pesar de la auto vigilancia, no dejaban de aparecer diariamente hombres con instintos de líderes que deseaban extender el alcance de sus movimientos y sus cuerpos, adhiriéndose a otros organismos por medio de los sonidos, y haciéndolos actuar en su beneficio personal para satisfacción de sus instintos individuales.

No obstante, la sociedad iba aprendiendo a controlar a esos hombres, quienes eran ubicados en áreas estratégicas de producción, donde podían desarrollar sus instintos a medida que aprendían a razonar con premisas universales, extraídas de las leyes que regulan la armonía del cosmos y permiten que los contrarios existan sin autodestruirse.

Del perenne girar de la tierra alrededor del sol, extrajeron el concepto de igualdad y universalidad, permitiendo darle a todos los hijos del planeta la posibilidad de movimiento en el tiempo y el espacio, limitada sólo por su propio deseo.

Mentira y verdad equivalían en el concepto matemático a cero y uno y eran el pilar de la ciencia de la geometría del absurdo. El hombre había decidido que la verdad no era propiedad privada, y aprender a discernir entre realidad y falacia era el objetivo de cada individuo, pues a medida que avanzaba en ese proceso, ganaba puntos extras que le permitían movilizarse a cualquier región y efectuar cualquier trabajo.

Así como el conocimiento del cero y el uno habían permitido el desarrollo del mundo tecnológico en el período anterior al genocidio, saber actuar y discernir sin mentir estaba permitiendo el desarrollo espiritual a la velocidad de la luz, y la criminalidad decreció a los niveles existentes cuando el hombre era un embrión unicelular en la tierra.

Estaba llegando el día en que el contrato entre individuo y sociedad iba a ser publicado y sometido a escrutinio por el pueblo. Parecía que cuando ese día llegara, todas las regiones terrestres se habrían desecho ya de los anticuados conceptos de patria y fronteras, y el gobierno estaría delegado a cada individuo, con autoridad de autorregularse y de llegar adonde sus deseos lo condujeran, sin posibilidad de manipular o dañar a otros.

La única posibilidad de negociar era con los bienes sociales, a través de la tarjeta que lo identificaba como miembro de la sociedad, y el intercambio de productos o artículos se efectuaba sólo a través de los centros de abastecimiento, único sitio donde se podía comerciar con el puntaje obtenido por cada quien.

Los puntos no se transmitían en herencia y los derechos de propiedad sobre los bienes muebles terminaban con la muerte del individuo, aunque podían ser adquiridos preferiblemente por sus sucesores, si estos tenían los puntos en que estaba avaluado el bien. Por lo tanto, el deseo fundamental de cada padre era enseñarle a su hijo a reconocer entre verdad y mentira, adiestrándolo para que ganara el máximo de puntaje en los exámenes mensuales prácticos y teóricos, de modo que adquiriera más libertad de movimiento y tiempo para desarrollar sus pasatiempos.

Las enfermedades hijas de la violencia del mundo exterior, estaban desapareciendo y la longevidad se extendía cada día más. Atrás, sepultado en el olvido por el peso del tiempo, quedaba una época de monstruosidad aberrante, donde el reino de los instintos se movilizaba en los aires empujado por las palabras. Atrás quedaban los días y las noches cuando la razón era sólo un deseo recóndito en el palpitar de honestos corazones, que tenían voto pero no voz. Atrás quedaba la época de lujuria de líderes y sacerdotes que daban su ejemplo y eran copiados por millones. Atrás quedaba la pelea entre Dios y el Diablo, que habían decidido cohabitar y reinar en la humanidad naciente. Atrás quedaba el hipnotismo colectivo, que reproducía asesinos a diestra y siniestra. Atrás quedaba el reinado de la fuerza y la ignominia. Atrás quedaba la infame gloria de ejércitos triunfantes violando cadáveres. Atrás quedaba el concepto de patria, organizando orgías de sangre y dinero. Atrás quedaba la época en que el hombre se creía humano y actuaba como fiera. Atrás quedaban las aberraciones más grandes, nunca antes y nunca después cometidas por ninguna especie en el cosmos. Atrás, en los profundos abismos de lo innombrable, la crónica roja escribió las páginas más sucias de ambición y sadismo imaginables.

El injusto modo de operar, presente antes del desenmascaramiento de los líderes como culpables directos de los crímenes dentro de las naciones que dirigían, originó que muchos de los hombres honestos, sin apetitos insaciables, rechazaran las circunstancias dominantes en el planeta. Este rechazo los llevó automáticamente a rechazar a "los otros" y a enclaustrarse en su propio yo, lo que era "olfateado" por los demás. Estos, por instinto, los rechazaban también, causando el rechazo de sí mismo en esos seres, y permitiendo de esa manera que los instintos se apoderaran del centro motor de autocontrol del individuo, dando nacimiento a los crímenes y aberrantes actos contra su propia especie, que sólo se veían en el homínido.

Un ejemplo de esto se podía encontrar fácilmente en quiénes se apoderaron de la doctrina de ese hombre, capaz de deshipnotizarse y mostrarnos el camino de la verdad como instrumento para llegar a la razón, llamado Jesús.

Él trató de crear un mecanismo que permitiera

que los hombres conocieran la verdad, y enseñó a los que propagaran su doctrina que imitaran las reglas que él siguió para deshipnotizarse de las órdenes emanadas por los líderes hechiceros de su tiempo, que reinaban en la tierra. Les enseñó a sus apóstoles lo que ellos podían ver como ejemplo: el ayuno, la oración, la humildad, el desafecto por todos los elementos materiales del cosmos, incluyendo el desafecto a los cuerpos de los otros, pues poseían elementos materiales, y sobre todo, a los del sexo contrario, que tanta atracción ejerce en los organismos vivos, porque él sabía que el afecto sin ética no era amor sino el desarrollo del instinto de posesión. Eso le permitió a Jesús deshipnotizarse y entregar toda la energía de su cuerpo a la búsqueda de la verdad, y con la práctica de la verdad, al encuentro de la razón.

Para vencer esos instintos que tanta fuerza poseen, llegó a flagelarse, seguramente después de haber sucumbido a la tentación. Pero no todos los hombres poseen la misma cantidad de energía y es lo que nos hace desiguales. Además, aprender de memoria el lenguaje del Maestro no repercute en el accionar del discípulo, porque palabra y acto viven en diferente dimensión.

Sus alumnos nunca lograron el mismo grado de verdad y razón. Algunos de los que siguen su camino y tratan de imitarlo, sin la fortaleza suficiente para almacenar energía que les permita el autocontrol, terminan siendo los sacerdotes con el instinto apoderado del sitio donde debería instalarse la razón, convirtiéndose en depredadores sexuales de organismos de su mismo sexo, y ejemplo para otros individuos, imitadores y no creadores.

Todo esto sucedía por el sucio negocio entre los líderes de quienes defendían la regulación del instinto como sinónimo de la palabra libertad y los que defendían la razón como camino a la verdad. En un juicio salomónico, decidieron que los líderes del instinto tuvieran la propiedad de la tierra, y los líderes de la razón tuvieran la propiedad de la verdad y vendieran pedazos de Dios, a precios tan exorbitantes que terminaron por apoderarse del sitio donde la razón de los hombres debería estar, y se adueñaron además de medio globo terráqueo.

Debido a que la injusticia era la causa primordial del nacimiento de los criminales encerrados en las cárceles antes de que la verdad se abriera camino y derrotara a la mentira, los sobrevivientes de la guerra contemplaron la posibilidad de incluir, en el contrato que estaba por efectuarse, la amnistía para todos los enclaustrados en prisiones. Pero para asegurarse de su rehabilitación, fueron primero trasladados a correccionales llamadas purgatorios, en honor a ese Jesús del pasado, que fue crucificado por una jauría de miembros del ejército, hipnotizados por los hechiceros en el liderazgo.

Jesús nos había dejado el mensaje que permaneció a través de los siglos: «Busquen la verdad, que es el camino que lleva a la razón». Ese mensaje fue cambiado por: «Busquen la razón, que es el camino que lleva a la verdad», lo que trajo como consecuencia que los instintos se fueran para el cerebro y la verdad se adhiriera a los vientres.

Los sacerdotes y pastores fueron a vivir voluntariamente en los purgatorios, como auto penitencia para limpiar su culpa, cuando vieron que el negocio de vender a Dios a pedazos se había acabado, por que Dios había bajado de los cielos y estaba ya en el espíritu de los hombres, que pronto firmarían el contrato que los llevaría a ser humanos.

Ese contrato, fruto de la aplicación de las leyes de la geometría del absurdo, se había decidido ya en un consenso general que debería llevar el título de "El Juicio Final", como prueba irrefutable y perentoria de que nunca más sería enmendado, cambiado ni discutido. Como en las matemáticas, no se discute que dos vale dos, y dos más dos son cuatro, porque sólo cuando hay un acuerdo sobre las definiciones se pueden extraer leyes.

Había que cerrarle el camino a la posibilidad de que algún hombre, con la misma energía de Jesús, por ejemplo, decidiera reinstaurar el reino de la mentira y del instinto en el planeta, donde aún los muertos están esperando por el día de la resurrección, prometida por los hechiceros si se portaban bien durante la vida, aceptando el asesinato y la injusticia como el pan cotidiano ofrecido por sus líderes.

La propiedad privada, en la gestación de la nueva etapa de la sociedad sin naciones, fue respetada en un principio para evitar el reinado de la anarquía y el caos. La primera meta comunal y la fuente de trabajo más grande fue la construcción de los purgatorios y casas para todos los hombres. La fabricación de productos para la construcción dio origen a las primeras factorías comunales y a la transformación de algunas empresas privadas, que antes producían artículos suntuarios, en fábricas para suplir la imperiosa necesidad de garantizar un techo a cada núcleo familiar.

Los dueños canjeaban sus productos por puntos extras en sus tarjetas y las de los trabajadores que laboraban en sus factorías. La siembra y recolección de productos alimenticios y su distribución, eran otra fuente de trabajo comunal, que junto con los productos para educación y vestuario, habían sido clasificados de interés social.

Como antes de la masacre las principales fábricas americanas eran de productos bélicos, y ésta era la principal fuente de entrada de divisas para la nación, el intercambio comercial fue difícil, porque la nueva sociedad decidió eliminar la fabricación de armamentos, y el proceso de transformación de esas grandes industrias de la muerte en productos de vida requería tiempo y ajuste. El conocimiento de la antigua tecnología militar fue utilizado para el desarrollo social y la creación de fuentes de energía, evitando así recurrir a la negra sangre de la tierra como combustible.

Sin los *lobbyists* de las grandes corporaciones involucrados en la nueva sociedad, los impedimentos para el florecimiento de nuevos carburantes y energía atómica se acabaron. Cuando los líderes eran los dueños del suelo y del subsuelo, adquiridos por medio de bombardeos y exterminio de naciones enteras, no permitían que otro tipo de combustible, que no fuera poseído por ellos, se utilizara en la transportación de los individuos de un sitio a otro. No les importaba la desestabilización de las entrañas del planeta, que causó inmensos maremotos y terremotos. Tan pronto el reinado de los líderes acabó, al hombre se le abrieron infinitas posibilidades que antes estaban cerradas y custodiadas con fusiles y metralletas.

Todo se estaba preparando para el lanzamiento del documento "El juicio final", que cerraría las puertas del pasado y aniquilaría por siempre esas bestias formadas de palabras, llamadas "países". Todas las regiones de la tierra se habían liberado de sus líderes, copiando el modelo americano y adhiriéndose al programa de autogobierno del individuo.

Cambiaron su tecnología militar para desarrollar rápidamente un sistema de identificación por satélite, que era capaz de leer el DNA de cada ser y su ubicación en coordenadas de tiempo y espacio. El sistema también permitía la grabación de los movimientos del humano durante su vida, evitando de esta forma la posibilidad de crímenes sin castigo, y fraudes en el uso de las tarjetas de identificación, que cada persona adquiría el día de su nacimiento, y era reactivada cuando cumplía los doce años si firmaba el documento de "El Juicio Final".

En los doce primeros años de vida, todo niño era instruído en la definición de la terminología utilizada en dicho manuscrito, y adiestrado en el uso de las premisas fundamentales para desarrollar una concepción verdadera de la realidad, así la razón le permitía auto controlarse, satisfaciendo sus instintos racionalmente, en un coito generoso entre el por qué y el resultado.

El proceso de educación no terminaba nunca, pues la curiosidad no era aniquilada por la obligación de obedecer órdenes sin sentido. El horror que producía la contemplación de crímenes o injusticias sin poder hacer nada para remediarlos, fue la causa de que las infinitas invasiones y genocidios perpetrados durante la historia, produjeran como resultado que los hombres vivieran en un ataúd ambulante, cargando el cadáver del espíritu hasta que la muerte del cuerpo los sorprendía en cualquier esquina, muerte que podía llegar por causa natural o criminal.

Aunque "El Juicio Final" iba a ser traducido a todos los idiomas y dialectos, de forma que todos los habitantes del planeta pudieran aceptar el mismo día su ingreso a la sociedad, la eliminación de las fronteras geográficas y la construcción masiva de escuelas y universidades sobre la tierra estaba generando un sólo idioma, al mismo tiempo que se estaban igualando las condiciones genéticas al nacimiento de nuevos seres humanos.

La divergencia anterior era ocasionada por un medio ambiente distinto tanto geográfico como psíquico. Ahora que los hombres, cansados de esperar que el reino de los cielos bajara a reinar en sus cuerpos, habían decidido subir a reinar en los cielos, y la confusión de la torre de Babel iba disminuyendo vertiginosamente.

Lejos se veía venir el paraíso que en sueños habían visto Buda, Jesús, Mahoma, y tantos otros que mirando la verdad se adentraron en el camino de percibir en onírico estado, eliminando las fronteras del tiempo y el espacio, lo que ahora podía ser practicado por todos los seres terrenales sin distinción alguna.

Lejos en el tiempo se veía venir el paraíso que nunca habíamos perdido porque nunca lo habíamos encontrado. Lejos en el tiempo se veía venir el reinado del espíritu en cada cuerpo físico dentro de una sociedad sin coerción, en armonía perenne. Lejos en el tiempo se veía venir el final de los purgatorios en el globo terráqueo, porque los criminales poco a poco iban retornando a cenizas, y los instintos causantes de la criminalidad, estaban siendo moderados por la razón, adquirida al mirar cara a cara la verdad.

Lejos en el tiempo se veía venir un ser humano capaz de construir un sol artificial si el fuego del que brilla en nuestra galaxia se extingue. Lejos en el tiempo se veía venir el olvido y el perdón hacia los vampiros del espíritu, quiénes satisfechos con succionar la sangre de la madre tierra, no tenían en cuenta que este elemento sirve como catalizador de los calores infernales en el centro del planeta, y que los inmensos agujeros dejados por su extracción causarían cataclismos devastadores.

Los líderes inventaron el dinero para comprar el tiempo y los afectos de los hombres, hasta el punto de crear hipnotizados asesinos, que por un plato con lentejas diario eran capaces de ir a otras naciones y ejercer la funesta y honorable profesión de pertenecer a la milicia, conquistando tierras y calcinando culturas enteras, obedeciendo las órdenes del caprichoso líder de turno.

Así habían llegado a América y quemaron viva la cultura indígena para erigir una sucursal del imperio británico, del cual nos liberamos de palabra, porque en los hechos, ha seguido siendo líder del horripilante apetito de conquistar terruños ajenos, y ha vivido acompañando a nuestros mercenarios en sus labores genocidas.

De su maléfico ancestro, los hechiceros copiaron el arte de dominar las mentes de aquellos que encuentran, en la comunicación y el lenguaje, una forma de capturar conceptos para aplicarlos a la realidad, e ingenuamente piensan que el florido uso de expresiones libertarias esconde un espíritu honesto, engañados por el líder, que lo que hace es cambiar la máscara que usaban sus ascendientes, por un multifacético rostro formado de palabras que esconde sus egocéntricas intenciones.

EL JUICIO FINAL

Nosotros, los hombres, mujeres y niños nacidos y viviendo en los Estados Unidos de América, sufriendo aún el olor putrefacto de los cadáveres de nuestros seres queridos, que yacen sobre la madre tierra porque no tenemos tiempo para sepultarlos en medio de terrible confusión y dolor inaudito; en protesta ante los directos culpables de la muerte de billones de nuestros hijos y hermanos, los gobernantes de hasta este momento nuestra respetada y querida patria; unánime, pacífica, y legítimamente decidimos suspender y disolver provisionalmente la constitución y el gobierno de los Estados Unidos de América, con el derecho inalienable de ser los individuos los constituyentes, y basados en los siguientes hechos y considerandos que dejaremos plasmados en este documento llamado "El Juicio Final", para que nunca más, mientras el cosmos exista y nos permita subsistir en sus entrañas, hombre o grupo alguno gobierne sobre los otros seres de su misma especie. Y como testimonio de nuestra vergüenza y arrepentimiento por haber permitido que durante milenios, en nuestra representación e impulsadas por nuestro silencio, bestias con forma y lenguaje de hombres gobernaran y aniquilaran a billones de nuestros hermanos en el planeta, con el objeto de satisfacer sus voraces e individuales instintos.

Prueba irrefutable de estos hechos está en las memorias escritas de los muertos, en el cerebro entristecido de los vivos, y serán narradas y transmitidas textualmente en este documento, que ha sido sometido a estudio y discusión no sólo por los americanos, sino por todos los habitantes del planeta tierra que, habiendo cedido sus derechos a diferentes clases de gobiernos para que fueran defendidos, vivieron en su carne y en su alma la misma tragedia de los estadounidenses.

Fuimos gobernados por seres que aprovecharon su posición privilegiada, y la constitución de un ejército que convertía en asesinos a nuestros hijos y hermanos, obligados a obedecer a su comandante en jefe, los que felices nos lanzaron a la conquista de otras tierras y otras almas para expandir sus dominios y su confort material.

Fruto de las reuniones y estudio, he aquí los hechos y razones fundamentales que nos impulsan a sepultar, por siempre, cualquier clase de gobierno y cualquier clase de división en el planeta tierra y en los planetas que podamos habitar en el futuro.

Nosotros, los seres vivientes en este planeta, unánime y pacíficamente reunidos,

CONSIDERANDO:

1.- Que la nación a la que un día pertenecíamos con honor, para nuestra vergüenza y dolor, descubrimos que sus leyes habían sido escritas con la sangre de los nativos de esta tierra, que fueron aniquilados sin piedad por los conquistadores venidos del otro lado del mar, quienes quemaron sus chozas, violaron a sus mujeres, esclavizaron a sus hijos y robaron sus tierras, para crear una sucursal del imperio del cual provenían; y como prueba irrebatible, he aquí lo que estos asesinos dejaron escrito, cuando la resistencia de los nativos había sido demolida y les convenía crear un nuevo imperio. Lo escribieron en el documento que titularon "Declaración de la Independencia": "No hemos querido atenciones de nuestros hermanos británicos. Les hemos advertido de tiempo en tiempo acerca de los intentos de la legislatura para extender una jurisdicción injustificada sobre nosotros. Les hemos recordado acerca de las circunstancias de emigración y asentamiento aquí. Hemos apelado a su justicia nativa y magnanimidad y lo hemos hecho a través de los lazos de nuestra similitud para que se deshagan de estas Usurpaciones, las cuales inevitablemente interrumpirían nuestras conexiones y correspondencia. Ellos también han estado sordos a la voz de la justicia y la consanguinidad. Debemos, por lo tanto, consentir en la necesidad que denuncia nuestra separación y mantenerlos mientras sostenemos el resto de la humanidad, enemigos en guerra, en paz, amigos."

Que es evidente, por sí mismo declarado, e indiscutible bajo circunstancia alguna, que este documento habla: "...de nosotros, los que emigramos y nos asentamos aquí..." Esos nosotros son los que están declarando la independencia y la creación de la nueva nación, ignorando por completo a los indígenas nativos, que yacían sepultados o mudos del horror al ver desaparecer a sus mujeres y su propiedad bajo el estruendoso fragor de los fusiles o el filo de las bayonetas.

2.- Que con horror descubrimos que la nación a la que un día pertenecíamos con honor, ha estado ligada a su paternal origen, a los gobernantes británicos, quienes siempre han sido nuestros amigos y nuestros adalides para impulsarnos a oprobiosas guerras de conquista, en las cuales nuestros gobernantes y sus fieles vasallos han sido los únicos beneficiados.

3- Que en nuestro estudio comunal hemos podido clarificar y comprobar sin lugar a ninguna duda que, durante milenios de historia del hombre, los individuos gobernantes no sólo han dominado en su beneficio y en el beneficio del círculo de sus afectos, sino que han utilizado nuestra credulidad en sus honestas finalidades, y además la fuerza, cuando alguno de nosotros, inspirado por el verdadero sentido de justicia, ha objetado sus leyes y decisiones. Se han convertido en tiranos, emperadores, reyes o presidentes, capaces de pagar con puestos de trabajo, dinero en efectivo o especies, el soborno de jueces y magistrados para condenar a la crucifixión, la quema vivo en una zarza ardiente, la soga al cuello, inyecciones letales, silla eléctrica, apedreamiento, decapitación, o prisión perpetua a todos aquellos que denuncian lo irracional de las guerras, y las leyes basadas en la protección de intereses estatales constriñendo los derechos individuales.

4.- Que las milicias o ejércitos sólo han servido como punta de lanza para que nuestros voraces gobernantes incrementaran sus patrimonios y el número de asesinados que cargan a sus espaldas, no sólo aniquilando inocentes, sino convirtiendo en asesinos a nuestros hijos y hermanos, que al igual que nosotros, se dejaron engañar con espejos y palabras lisonjeras.

5.- Que el último presidente de los Estados Unidos de América probó ser un mentiroso empedernido, y utilizó todo tipo de argucias para que el vicepresidente incrementara su cuenta corriente en millones de dólares, inventando una guerra con sus aliados británicos para apoderarse del corazón de la tierra, donde en sus entrañas yacen las más grandes reservas de su sangre, el petróleo; y esta guerra - sin ninguna clase de moral -, generó poco a poco el estallido de la tercera guerra mundial, hostigada por este hijo de la desvergüenza, cuando con su boca abierta y llena de pan, le dijo al presidente de otra de las poderosas naciones de la tierra: "Mucha gente estaría contenta de que aquí en Rusia sucediera lo mismo que en Irak", palabras que llevaban en sus entrañas una clara intención de herir la susceptibilidad del otro presidente, quien no deseaba por ningún motivo que su patria fuera invadida por la nación americana y convertida en testigo de una guerra civil, que eran las condiciones reinantes en Irak. Esta vedada amenaza del más deshonroso de todos los presidentes que nos gobernaron durante la etapa de ignominia, fraguada con el fin de generar conflagraciones que permitieran a sus amigos y protectores descargar las armas de sus inventarios, fue el motivo principal para que Rusia y China se unieran a Irán, cuando lo invadimos, asesinando a sus mujeres, hombres y niños, para robar después el oro negro que yace en sus entrañas.

6.- Que es deber del individuo suprimir la injusticia y la tiranía, provenga de donde proviniere, y hacer respetar el derecho inalienable a la vida y la libertad sobre los caminos de la madre tierra que lo vio nacer y lo alimenta con sus frutos.

7.- Que la propiedad incontrolada de pedazos de tierra disminuye, o destruye, el sagrado e inembargable derecho de cada individuo a caminar libremente sobre el planeta, sin coerción de ninguna especie.

8.- Que queremos borrar de nuestra memoria el permiso y el silencio que generó el bochornoso pasado del que, arrepentirnos no es sólo necesario, sino obligado deber.

Nosotros, reunidos unánime y pacíficamente, por hoy y para siempre,

RESOLVEMOS:

1- Eliminar por siempre y para siempre cualquier clase de ley o gobierno que provenga del exterior y no de nuestra madre natura o del propio autocontrol del individuo.

2.- Eliminar por siempre y para siempre las fronteras y los límites en el planeta tierra y cualquier otro planeta que habitemos en el futuro.

3.- Eliminar por siempre y para siempre la milicia o cuerpos armados del ejército.

4.- Eliminar por siempre y para siempre la palabra guerra de nuestros pensamientos y actos, dejándola en los escritos para enseñanza de las generaciones venideras como la causa de nuestros tormentos.

5.- Aceptar que todos los seres humanos somos diferentes pero tenemos tres derechos iguales, extinguibles sólo con la muerte natural del cuerpo. Esos derechos de cada individuo son derecho a la vida, a la libertad, a la propiedad del discernimiento con los frutos de ese conocimiento.

6.- Aceptar que, como nuestros sentidos orgánicos captan a la misma distancia, nosotros juzgamos desde el centro de un círculo, imposibilitándonos el justo razonar, por lo cual nuestra sabia madre natura nos dio como complemento el otro sexo, unificando nuestros sentidos por la fuerza del instinto que nos atrae a nuestro opuesto, creando en nosotros la imaginación que nos permite anular nuestros errores de percepción.

7.- Aceptar que todo individuo necesita la seguridad de un terreno propio para su tranquilidad espiritual y la aceptación del mundo exterior sin rebeldía.

8.- Aceptar la existencia de dos clases de seres, uno físico y otro etéreo; el físico definido como organismo que comprende al ser de cualquier sexo o edad, y el etéreo, formado por la suma de cada individuo dando como resultado el plural, los individuos, y que para efectos de este juicio y contrato final, llamaremos sociedad.

9.- Aceptar que un individuo, al ejercer el derecho a poseer un terreno propio durante su vida, limita el movimiento de los otros individuos sobre ese terreno, lo que es inevitable para que cada uno de los otros puedan también satisfacer este derecho.

10.- Aceptar por necesidad imperiosa la existencia de dos clases de bienes muebles, bienes de propiedad individual y bienes de propiedad social. Los bienes de propiedad individual son pertenencia del sujeto, derecho que no se extingue sino con el final de su vida, o porque haciendo uso de su razón y su libertad, lo enajene a la sociedad, volviéndolo un bien social hasta que otro individuo lo adquiera.

11.- Aceptar que los bienes muebles individuales deben ser de limitada extensión, pues su uso será el de vivienda, y los bienes sociales serán igual al ancho por lo largo y por lo alto del planeta tierra, menos lo ancho por lo largo y por lo alto de la suma de los bienes individuales.

12.-Aceptar que para que un individuo pueda ejercer sus derechos debe obligarse a respetar los derechos de los demás individuos.

13.- Aceptar que en sus relaciones con la sociedad el individuo tiene derecho a un sí o un no, lo que por hoy y para siempre llamaremos derecho individual de voto y veto, correspondiendo voto a sí y veto a no. Estos dos nacientes derechos en este contrato son intransferibles y no obligatorios de ejercer. El individuo podrá optar o vetar; si opta, será de obligado cumplimiento hasta que libremente resuelva lo contrario. Si veta, renuncia al derecho de ser considerado como un individuo dentro de la sociedad, y conservará el derecho a su vida y la propiedad terrenal ganada por el hecho de haber nacido, pero debe luchar solo y aislado para subsistir, sin derecho a gozar de ninguno de los bienes sociales, ni la sociedad tendrá derecho a destruir sus bienes individuales.

14.- En cualquiera de las otras circunstancias en que en reuniones sociales el individuo opte por vetar, no será obligado a cumplir dicha norma, pero tampoco podrá ganar puntos extras en su carta de identificación, ni podrá perder puntos por no cumplir lo que otros aceptan.

15.- Declárasen las universidades, iglesias, escuelas, hospitales, las antiguas instituciones militares y oficinas gubernamentales, cuerpos de bomberos, bancos, y corporaciones públicas y todos los bienes pertenecientes al extinto Estados Unidos de América y a los distintos estados sobre el globo terráqueo, "bienes de propiedad de la sociedad", que podrán ser cedidos en alquiler a los individuos, a cambio de productos o servicios sociales, pero nunca enajenados.

16.- Declárase el lenguaje como única arma válida para portar y dirimir disputas entre los individuos. Hombres especializados en el uso del lenguaje racional y la jurisprudencia, podrán representar a aquellos individuos que por uno u otro motivo no puedan utilizar con fluidez y efectividad su lenguaje materno.

17.- Declárase de interés social y de obligatorio récord el DNA de cada individuo al nacer, para llevar un control en el tiempo y el espacio de su andar sobre el planeta, lo que le permitirá ejercer sus derechos y a la sociedad vigilar el cumplimiento de sus obligaciones.

18.- Declárase las universidades el alma de la sociedad, por lo cual, allí se estudiarán y efectuarán modelos de desarrollo en cada campo de la ciencia, con la participación activa de profesores y alumnos y de aquellas personas que, sin tener ningún grado académico, logren en los exámenes especializados de cada rama, un puntaje superior o igual al promedio del logrado por estudiantes y profesores.

19.- Disuélvase para siempre y por siempre la carrera de ciencias políticas, y anexánse sus principios y leyes al estudio de cada una de las ciencias desarrolladas por el hombre.

20.- Disuélvase para siempre y por siempre la carrera de ética, y anexánse sus principios y leyes al estudio de cada una de las ciencias desarrolladas por el hombre.

21.- Disuélvase para siempre y por siempre la carrera de psicología, y anexánse sus principios y leyes al estudio de cada una de las ciencias desarrolladas por el hombre.

22.- Disuélvase para siempre y por siempre la carrera de filosofía, y anexánse sus principios y leyes, al estudio de cada una de las ciencias desarrolladas por el hombre. Y estas cuatro ciencias: ética, psicología, filosofía y ciencias políticas, serán el núcleo central e imprescindible en la formación de los niños, para que entiendan las bases de este contrato, y los derechos y leyes en su interrelación con los otros seres humanos.

23.- Ninguna de las causales o resoluciones de este contrato podrán ser enmendadas, cambiadas o transformadas bajo ninguna excusa ni pretexto, y sólo por decisión unánime de los seres humanos, reunidos en grupos dentro de iglesias, escuelas, cortes y universidades, se podrá anexar lo que crean conveniente a medida de su desarrollo, para la protección de los derechos de cada individuo, y el crecimiento armónico e igualitario de los seres que conforman la sociedad.

24.- La sociedad será responsable de la salud, manutención, educación y vivienda en condiciones mínimas igualitarias de todos los individuos que hayan optado por la firma de este contrato, y de los que no, con la condición de que sienten su residencia en los purgatorios.

EL PARAISO

Cuando el contrato "El Juicio Final" fue sometido a escrutinio, algo más del ochenta y cinco por ciento de los habitantes del planeta lo firmaron y aceptaron. El quince por ciento restante tenía algunas dudas respecto al manejo de las regulaciones entre el individuo y la sociedad, y pertenecían a la clase de los ex-líderes que deseaban, por sobre todo en su existencia, retomar el control de las vidas ajenas, sus actos y sus propiedades. Fue inútil para ellos, y los que no firmaron el contrato, simplemente se vieron obligados a buscar por sí mismos la subsistencia, aunque en un principio permanecieron en sus propiedades. Poco a poco, al enfrentarse al hecho de que debían sembrar para lograr su alimento, recapacitaron.

El comercio, que estaba regulado únicamente a través de los puntos de abastecimiento social y los productos más complejos, como la energía y la salud, eran inalcanzables individualmente, y si querían participar de estos bienes sociales, tenían que irse a vivir a los purgatorios, donde podían subsistir por magnanimidad y piedad de los individuos que conformaban la sociedad.

Los purgatorios eran los sitios donde vivían quienes no quisieron optar por la firma del contrato y aquellos que cometían algún crimen y perdían sus derechos. Después de un juicio justo, con jurados imparciales y la eficacia de la evidencia de los DNA, - grabados en coordenadas de tiempo y espacio en los satélites, lo que permitía atestiguar sobre la presencia del individuo tal, en tal sitio, a tal hora –, y hacía imposible para estos individuos apelar a la mentira para acomodar los hechos, evitando así las argucias de los ex-líderes, que nunca habían tenido recato para mentir.

Estas personas podían adquirir lo mínimo para sobrevivir sin necesidad de trabajar, pero sin la posibilidad de gozar de las ventajas tecnológicas de la sociedad. Muchos comenzaron a presentar exámenes, a estudiar, trabajar, y firmaron el contrato para ser tenidos en cuenta, con puntos extras que les permitieran movilizarse a otros sitios.

No podían hacerlo aquéllos culpables de crímenes aberrantes, como resultado de la condición genética que traían de la época en que los gobernantes llenaron el sitio donde reposaba el embrión del espíritu, con instintos asesinos. Eso creó criminales depravados, en muchos casos incorregibles, por lo que para salvaguardar los derechos de los individuos, deberían ser aislados.

El último Presidente de la nación americana y sus ayudantes en la labor de inculcar hechos inexistentes en el cerebro de sus gobernados también fueron condenados a la no posibilidad de rehabilitación, como una ofrenda floral a los billones de muertos nacidos de sus sucias acciones y concepciones.

Con el transcurso del tiempo, las universidades fueron tomando la forma de centros de conocimiento, desde donde se repartía a todos los hogares por medio del Internet, emisoras y televisión.

Ya el hombre no tenía el problema de gastar el tiempo de su vida planificando cómo conseguir su diaria subsistencia, lo que en el pasado fue el arma predilecta de los líderes para evitar que el hombre pensara y aprendiera a razonar. Si algo odiaban los líderes eran aquellos que se escapaban de las prisiones de palabras construídas por los dirigentes y periodistas de turno, quienes creían que cumplir con el deber de informar lo que los líderes decían, los hacían esplendorosos arquetipos del buen escribir, cuando en realidad, sólo ayudaban a construir los patíbulos donde los líderes asesinarían en serie, sin recato alguno.

De los asuntos más difíciles para resolver entre los hombres, a pesar de la cantidad de los que tomaban parte en los diálogos y la profesionalidad de algunos, fue lograr un acuerdo en la distinción entre instinto y razón, pues en un principio la gran mayoría defendía la posición de que por ser hombres razonaban. La técnica utilizada por las leyes de la geometría del absurdo ayudó a dirimir el conflicto, derrumbando obstáculos que parecían insalvables.

La primera ley de la geometría del absurdo hablaba de que todo objeto de estudio debe ser definido antes de buscar sus leyes y aplicaciones. Esta etapa, que algunos hombres querían saltar porque suponían tener clara la diferencia entre instinto y razón, ayudó a organizar la discusión; se acordó que se debía discernir sobre la definición de ambos actos, y llegar a un acuerdo general para poder continuar con el tema. Así fue que se aceptó la significación de instinto, como un acto involuntario del organismo para satisfacer una necesidad que llegaba a la mente disfrazada de deseo, o simplemente no alcanzaba a llegar a la mente y originaba un acto rápido de respuesta a una sensación del exterior.

La razón, por su parte, se definió como el arte de encontrar las causas que originaban una acción del hombre, o de un fenómeno o acto en la naturaleza o el universo; en pocas palabras, el arte de pensar con una finalidad específica, encontrando el por qué de los actos o los sucesos.

El hombre entendió que el solo hecho de pensar no era razonar, pues el organismo del hombre había aprendido que pensar lo llevaba a satisfacer sus instintos, de allí que muchos sádicos o los mismos líderes del pasado, pensaban y solucionaban los problemas para llegar a sus delictivas actividades. Pensaban pero no razonaban, por lo que no distinguían si su acto era ético o no era ético, pregunta obligatoriamente contestada en el acto de inferir.

Después de aceptar las definiciones, fue más fácil para el hombre comenzar a practicar el uso de la cognición en sus actos de interrelación personal e interrelación con el universo, pues al universo se le consideraba un ser cuyo lenguaje era diferente al nuestro, pero que actuaba conforme a ciertas normas y era sensible a nuestros actos, por lo cual debíamos proceder racionalmente en nuestra interrelación con él.

Los programas infantiles en los medios de comunicación enseñaban a distinguir indicios que llevaran a la verdad e indicios que mostraban la mentira. Todas las técnicas conocidas para facilitar las enseñanzas eran utilizadas, y fue aceptada como verdad universal que el planeta Tierra era la parte física que permitió nuestra creación y que por tanto, debíamos preservarlo y mantenerlo, cuidando de la pureza de sus aguas y el aire que lo rodea. Muchos años y mucho trabajo eran necesarios para retornarlo a su estado original, antes de la invasión irracional del hombre dirigida por líderes hambrientos de satisfacer sus instintos.

La justicia era una concepción que hacía parte de cada individuo, quien luchaba no sólo por mantenerla y pregonarla con su ejemplo, sino que buscaba nuevas fórmulas para que fuera amada por todos los hombres y evitar el retorno de la injusticia al paraíso terrenal.

La Tierra parecía distinta, rebozaba optimismo y todos los mortales estaban alcanzando igual grado de conocimiento en las ciencias básicas: ética, ciencias políticas, psicología y filosofía. Un día llegó la noticia de que, en el purgatorio, donde estaban los ex-líderes con sus generales y todos aquellos periodistas que habían vendido sus plumas al Pentágono, los renegados habían iniciado una revuelta y tomaron como rehenes a los trabajadores voluntarios.

Amenazaban con descabezarlos si no se cumplían sus requerimientos de ser transportados en el avión presidencial a la capital, y de allí a los estudios de televisión, de donde arengarían a los ciudadanos, y seguramente, les hablarían de los billones de dólares que tenían en efectivo en algún lugar debajo de la tierra. Dinero que según ellos, bastaría para alimentar al pueblo americano por cien años. La situación se hizo pública y se pidieron opiniones en todas las escuelas, iglesias y sitios de reunión. Las emisoras estaban al tanto de la crisis y pedían la colaboración de los ciudadanos para encontrar una solución.

Pero el presidente, el vicepresidente, su ministro de defensa, generales y periodistas, estaban bien guarecidos, según lo mostraba el satélite que leía el DNA y tenían en su poder aproximadamente a cuarenta y cinco prisioneros.

En su mensaje amenazando con la decapitación de los rehenes, el presidente dijo que todo volvería a la normalidad, y la democracia y la libertad retornarían a reinar en el planeta Tierra, que aceptaba una sola nación de la cual él era legalmente el gobernante, y que concedería amnistía a todos aquellos que impulsaron el cambio de gobierno, por lo que había sido pacífico.

Un niño de trece años se comunicó con una emisora y propuso que, como el presidente y sus fieles discípulos estaban usando la violencia y no querían vivir en el purgatorio, debería crearse un infierno, sitio especial para ellos y todos los que delinquieran con violencia, y que los rehenes sacrificados serían agregados a los incontables crímenes que estos cometieron, cuando iniciaron la guerra para aumentar el caudal de ganancias de sus financistas.

La opinión del niño fue ampliamente discutida y finalmente aceptada. Se trató de evitar la muerte de los rehenes, lanzando desde el aire bombas sedantes, que eran la única arma aceptada por la sociedad para detener a los delincuentes, y en segundos, personal entrenado tomó las instalaciones del purgatorio, donde todos yacían en el suelo por el alto poder del somnífero, no habiendo víctimas que lamentar.

El presidente, vicepresidente, y sus secuaces, fueron encadenados y se inició la construcción del infierno, una prisión con celdas y baño bajo techo. El resto era al aire libre, rodeado por infranqueables muros. Allí, los prisioneros no tenían oportunidad de contacto físico con los rehabilitadores, como se llamaba a los guardianes, pues tenían grado universitario en consejería y psicología. Aunque ninguno de los presos tenía oportunidad de rehabilitación por la magnitud de sus crímenes, los consejos de estos rehabilitadores podían hacer más agradable la estancia de los condenados en ese desierto.

Aunque la criminalidad en las ciudades era mínima, algunos individuos eran condenados también al infierno, por sus obsesiones con depravaciones nacidas en la época en que los líderes, usando el dinero y el ejército, hicieron reinar el instinto entre los hombres. Allí, el presidente y sus secuaces convivían con el fruto de su creación, mientras soñaban con los billones de dólares escondidos en búnkeres y el retorno de sus mentiras al poder.

Madre e hijo forman un solo cuerpo cuando éste

no ha nacido y se encuentra aún en el útero. Puede afirmarse, con mínimas posibilidades de error que de cualquier sustancia química producida en el cerebro de la madre, llega una parte al cuerpo del hijo. Toda sensación recibida del exterior ocasiona una reacción interna en el cuerpo de la madre, con impulsos eléctricos de respuesta, o la producción de un químico en el cerebro. Cuando la sensación produce angustia, la sustancia química que produce el cerebro va al cuerpo del niño, y a la vez que sirve como una vacuna, es una marca también en el temperamento del infante.

La transmisión de factores hereditarios no son sólo factores físicos, sino también psíquicos. De allí podemos colegir que, en una sociedad de injusticia como existía antes de la creación del autogobierno y el regulamiento de la sociedad, los individuos nacían con predisposición a la rebeldía o llenos de temor y angustiados. Los que estaban dentro del gobierno, nacían seguros de sí mismos en la mayoría de los casos, a no ser que el padre abusara psíquicamente de la madre durante el embarazo. En padres amorosos de clase social desprotegida de bienes y servicios, también surgían criaturas seguras de sí mismas.

Si el hombre es producto de sí mismo, multiplicado por las circunstancias que lo rodean, lo cual es una tesis que no necesita ser debatida por ser evidente, puede decirse que la criminalidad es causada por las circunstancias que rodean al hombre, más su accionar, que viene en gran parte condicionado por el pasado y la intuición del futuro.

El conocimiento de estas premisas y la construcción de una sociedad moldeada con base a evitar la angustia y el temor en el individuo, además de borrar en el
hombre la imagen de que la mujer es de su propiedad, y
puede abusar de ella psíquicamente; más el hecho de considerar a todos los recién nacidos hijos del universo, los
cuales deben ser protegidos por la sociedad, y que desarrolló el sentimiento fraternal de hermandad entre los
niños en los centros educativos, trajo como consecuencia
que la madre tierra se asemejara a un gran útero materno,
calentado amorosamente por el padre sol, semejando el
paraíso terrenal anunciado por los profetas.

Este es un libro de ficción y realidad. La ficción radica en su final feliz, cuando posiblemente antes de que la especie del hombre alcance el grado de especie humana, sus líderes hagan explotar la tierra en infinito número de pedazos, algunos de los cuáles alcanzarán los confines del universo, y de los hombres no existirán huellas ni recuerdos.

¿Por qué? La respuesta es sencilla: los líderes tienen billones de esclavos, seres hipnotizados que bajo una orden del líder son capaces de cometer los más bestiales actos, y a los medios de comunicación, que trabajan incansablemente para mantener hipnotizados a los súbditos y no perder parte del presupuesto que los líderes reparten como anestésico. Así forman anillos de seguridad a su alrededor con seres tan leales al dinero, que serían capaces de asesinar a su propia madre antes de permitir que alguien destrone a su benefactor, que es el ser que reparte el patrimonio.

Esta es la razón por la cual el líder puede mentir y hacer lo que se le venga en gana. Mientras maneje el presupuesto, estará rodeado de hombres incapaces de distinguir entre lo correcto y lo incorrecto, o verdad y mentira. La diferencia entre estos hombres y las bestias radica en su forma. Sus instintos son exactamente iguales, pues la razón no existe mientras el cuerpo esté hambriento y no tenga seguridad. Pero los líderes, a la vez que reparten los mendrugos de pan untados de sangre e injusticias, le dicen a las hordas de bestias con forma de hombres: "nosotros, la maravillosa creación del poder divino, dueños de la razón y la generosidad..." y la horda de hombres se inca ante la majestuosidad del léxico, sin pensar que sus hijos están en otras tierras en labor de exterminio, ampliando las fronteras del poder hasta donde las palabras del líder sean órdenes celestiales.

Por otra parte, están los líderes del espíritu en las iglesias, recordando a sus fieles el sagrado deber de obediencia y el dejar en manos del Creador la reparación de las injusticias, palabras que adormecen a los que están despertando del letargo hipnótico. Estos hechiceros y pastores hacen la labor de Judas, entregan la sangre de Cristo dominicalmente para calmar a la turba, y permitir que Pilatos se lave las manos. Pues Pilatos es bondadoso con su presupuesto para los grupos de fe.

Y por último, está el líder, quien puede influir dramáticamente en el cambio para lograr un final feliz. ¿Pero quién deshipnotiza al líder? Si éste no lo hace por su propia cuenta, mirando el espejo y reconociendo que la realidad no es obligatoriamente lo que debe existir, e inicia un masivo despertar de las turbas adormecidas, utilizando las mismas técnicas que usa al cometer sus repugnantes crímenes, para despertar el apetito de la razón en los hombres.

El camino que puede llevar a la verdad o a la mentira depende del sentimiento conque el hombre investigue al cosmos. Si ése es un sentimiento individual, egoísta, llegará a la mentira y utilizará el engaño para convencer a sus escuchas. Si es un sentimiento universal, altruista, llegará a la verdad y utilizará el silencio para comunicar su hallazgo. Lo que la turba debe entender es que el lenguaje no representa el verdadero sentimiento que acompaña a las razones ni a las acciones. El lenguaje es un ente independiente que sirve como máscara para ocultar los verdaderos sentimientos del hablante, y genera los mismos sentimientos en el escucha, de allí su poder para hipnotizar en masa.

Por último, la rebelión de los líderes en el purgatorio es ficción: mientras los líderes no tengan esclavos a quienes mandar, son incapaces de actuar.

Prueba fehaciente e irrefutable de que los líderes, pastores y sacerdotes son los hechiceros encargados de mantener a la turba de hombres actuando como bestias, - sin desarrollo racional alguno a través de los milenios pasados -, es que el mismo sentimiento de euforia y felicidad masiva conque los romanos iban a ver en el circo cómo leones hambrientos devoraban cristianos, es el mismo sentimiento generado en la turba cuando la iglesia cristiana tuvo el poder, y los hombres no se perdían el festivo espectáculo de un ser quemado vivo en una hoguera, y danzaban al son de los alaridos de dolor de la víctima.

O cuando en tiempos más cercanos, ignorando los cuerpos prontos a convertirse en cadáveres tirados en el suelo, los americanos, junto con sus líderes frente a las pantallas de televisión, celebraban el derrumbe de una estatua del presidente depuesto, sin afectarle los millares de víctimas inocentes que yacían despedazadas por los efectos de las bombas. O cuando en Israel, al principio de la agresión contra Líbano, los israelitas bailaban en las calles celebrando el bombardeo de la otra nación, con bombas confeccionadas en factorías americanas y euforia fabricada con las palabras de líderes y hechiceros, que saben cómo mantener a los animales que hablan en estado de bestialización y estupidez.